COLLECTION FOLIO

Michel Déon
de l'Académie française

Taisez-vous… j'entends venir un ange

SOTIE

Gallimard

Michel Déon est né à Paris en 1919. Après avoir longtemps séjourné en Grèce, il vit en Irlande.

Il a reçu le prix Interallié en 1970 pour *Les poneys sauvages* et le Grand Prix du roman de l'Académie française en 1973 pour *Un taxi mauve*. Il a publié depuis *Le jeune homme vert*, *Les vingt ans du jeune homme vert*, *Un déjeuner de soleil*, *« Je vous écris d'Italie… »*, *La montée du soir*, *Je ne veux jamais l'oublier*, *Un souvenir*, *La cour des grands*, et a fait jouer deux pièces de théâtre, *Ma vie n'est plus un roman* et *Ariane ou l'oubli*, et rassemblé quelques souvenirs dans *Pages grecques*, *Pages françaises* et *Je me suis beaucoup promené*. Il est membre de l'Académie française depuis 1978.

pour Éric Neuhoff

Tout roman fait appel à des conventions, la première étant qu'il aura un lecteur intelligent et, lui aussi, doué d'imagination pour combler les silences, les non-dits. La deuxième convention est que les personnages, quand ils appartiennent à des pays très divers, ont une langue commune, une langue idéale sans que l'auteur ait besoin de recourir à des traductions du batave ou de l'araméen en bas de page. Il est donc permis ici d'écrire en français ce qui a été dit en anglais, en italien, en grec, en russe ou en je-ne-sais-quoi. Pour la même raison, l'auteur s'est abstenu de transcrire phonétiquement les accents divers. Le lecteur est laissé libre de rouler les « r », d'accentuer les « e » muets ou de mouiller les « u ». C'est vite lassant et le point n'est pas là.

SOTIE : farce qui relève de la satire sociale ou politique. On dit aussi : FATRASIE. (Les dictionnaires.)

Essoufflée, Natacha Pirovski marqua un temps d'arrêt sur le palier, s'appuyant d'un côté sur sa canne, de l'autre sur le bras de son frère, Gregory.

— Quelle grimpette pour arriver chez toi ! Il faut vraiment qu'on t'aime.

En pyjama de soie noire, au cou un foulard de soie blanche et une chaîne avec une croix orthodoxe, Elleni déposa de rapides baisers sur les joues molles de Natacha et barbues de Gregory.

— C'est Oswald que tu aimes, pas moi ! Il est dans un bon jour. Passez sur la terrasse, je vous rejoins dans deux minutes. Hugo et Betty Krug sont déjà là.

— Ces deux-là... ils ont tellement peur d'être décommandés qu'ils ne répondent plus au téléphone depuis trois jours et arrivent les premiers.

Elleni mit un doigt sur ses lèvres :

— Natacha... nous sommes dans un jour de bonté. Oswald a besoin de rire. Oui, vraiment un grand besoin. Pardonne-moi, je reviens tout de suite. Ismaël s'occupe de vous.

Une large baie à glissière s'ouvrait sur la terrasse dominant le port et la mer à l'heure parfaite où le soleil commence à fondre dans le ciel et teint en lie-de-vin les eaux froissées. Betty Krug joignit les mains :

— Regardez : la mer est couleur de vin.

— Je le vois bien, grogna Natacha.

Hugo Krug haussa les épaules. Les citations de Betty l'irritaient particulièrement, fussent-elles empruntées à Homère. Il était l'érudit. Pas elle. Les deux femmes s'effleurèrent les joues d'un faux baiser. Gregory se contenta d'une tape dans le dos d'Hugo.

— C'est la première fois que je vous vois sans cravate.

Hugo porta la main à son cou. Non, il n'avait pas oublié. C'était voulu. Betty choisissait même le foulard et la chemise d'un rose phosphorescent. Toujours cette note de trop qu'on lui pardonnait parce qu'en vingt ans Betty était parvenue à changer la silhouette de son mari : des lunettes d'écaille au lieu d'un pince-nez, puis des verres de contact au lieu de lunettes. Elle lui taillait même sa barbe : un petit centimètre gris bouclé comme d'un faune. En le rajeunissant, elle avait creusé sa propre tombe. Il la trompait sans scrupule avec ses étudiantes. Le jour où elle s'en était aperçue, il lui avait cloué le bec : « Tu ne peux pas comprendre. Tu es une femme sans mystère. » Elle s'interrogeait encore, à près de quarante ans, sur les mystères cachés des étudiantes dépeignées qui se pressaient aux cours sur le marquis de Sade et sur Laclos dont on disait Hugo la grande autorité. Le mystère, le mystère... elle en cherchait en vain les ombres et les lumières, et, faute d'en être pourvue, elle se laissait piétiner avec, parfois, de brusques rébellions que le mari écrasait de son autorité d'examinateur sans pitié. Elle n'en épousait pas moins ses idées sur l'actualité, surtout parce qu'elle n'en entendait pas d'autres.

Betty sursauta quand Ismaël — en gilet rayé jaune et noir, pantalon bouffant serré aux chevilles — apparut, porteur d'un plateau couvert de photophores en verre de Vietri. Les flammes se tortillaient comme des lutins. Il posa le plateau sur la table basse et répartit les lampes le long du parapet. Ismaël appartenait à cette race d'Albanais qui n'a jamais d'âge : vieux à vingt ans, jeune à soixante, figé entre les deux, peut-être sans âge véritable comme tous les hommes qui descendent momifiés de leurs montagnes et que l'approche de la mer ressuscite. Un détail le distinguait des autres montagnards : après une querelle d'honneur dont il donnait plusieurs versions différentes, Elleni l'obligeait à porter un cache sur son œil crevé.

— Ah, vous le trouvez terrifiant, dit Natacha, mais c'est le meilleur homme du monde. Il me fait chaque fois penser à un cosaque que mon grand-père avait ramené de Russie après la Révolution : Ivan, un Zaporogue. Il me lançait en l'air à dix mètres et me rattrapait d'une seule main.

— Tu avais cinq ans ! rappela Gregory.

Natacha pesait près de cent kilos et se déplaçait avec une canne à embout caoutchouté. Elle en convint :

— Oui, il ne le ferait plus aujourd'hui, mais Ismaël rappelle tout de même Ivan. Très gênant quand on leur parle à ces hommes-là. Ivan portait un anneau d'or à l'oreille droite. La gauche se réduisait à un bourrelet de chair, l'entrée du canal auditif, une sorte de trou du cul obstrué de poils noirâtres...

Betty pinça les lèvres, Hugo daigna sourire et Gregory risqua une vaine protestation.

— ... grand-père l'avait eu sous ses ordres sur le front autrichien en 1915. Ivan s'était battu en duel avec un Tcherkesse...

Du plat de la main, elle imita la trajectoire imaginaire du sabre tranchant une oreille.

— Le Tcherkesse avait ramassé l'oreille pour la griller à la pointe de sa baïonnette et la manger, acclamé par son peloton.

Ismaël déposa sur la table un autre plateau où verres et bouteilles s'entrechoquèrent joyeusement pour se joindre à l'hilarité des cavaliers tcherkesses.

— Vodka, mademoiselle ?

— Quelle question !

Ismaël versa la vodka sur les glaçons d'un verre qu'elle lui vola des mains comme s'il allait jouer à le tendre et le retirer. Elle but une gorgée, clappa de la langue contre le palais :

— De la russe ! Elleni sait vivre.

— Nous devrions les attendre, objecta Hugo.

— Ils aiment se faire désirer. C'est leur façon de dire que nous sommes chez nous.

Elle but une autre gorgée, les yeux clos, les rouvrit en souriant aux anges.

— Divin ! De quoi parlions-nous ?

— Nous ne parlions pas, dit Gregory. Tu parlais. La suite, ma grande, Hugo et Betty ne connaissent pas la suite.

— ... ah... oui... notre Ivan a retrouvé son Tcherkesse le lendemain, l'a provoqué en duel au yatagan et lui a coupé les couilles... enfin... vous connaissez... ces petites boules qu'en argot on appelle des testicules.

— Ou le contraire, dit son frère en riant de la méprise bien qu'il la sût voulue pour choquer les Krug.

— L'amusant est qu'ensuite, il les a données à manger au chien de grand-père, un husky sibérien.

— L'histoire du Zaporogue et du Tcherkesse, dit Elleni revenue se joindre à eux, inspectant l'éclairage des photophores et Ismaël servant à boire à Hugo, Gregory et Betty. Un de tes grands airs !

À l'horizon, la mer mordait déjà les trois quarts du soleil et l'eau devenait de plus en plus noire, tachée ici et là des premiers feux de pont ou de position des yachts et d'un ferry en partance pour Igoumenitsa. Loin, ou peut-être seulement à deux ou trois ruelles derrière eux, s'éleva l'aboiement lugubre d'un chien.

— Qu'est-ce qu'elle a, cette bête ? dit Betty. On la martyrise. Il faudrait aller voir.

— Gardons notre pitié pour ceux qui vivent sous les bombes à Belgrade, dit Natacha.

Dans le ciel encore rose se dessina une longue traînée blanche qui leur fit lever la tête comme éclatait le « bang » d'un supersonique.

— Il a été convenu que nous n'en parlerions pas, dit précipitamment Elleni.

C'était une grande Grecque dont on disait bêtement qu'elle avait dû être belle dans sa jeunesse alors qu'elle l'était beaucoup plus dans son orgueilleuse cinquantaine, avec ses cheveux gris bouclés, ses forts sourcils noirs, son regard d'un bleu intense dans le visage hâlé. La main jouait nerveusement avec la croix orthodoxe en vieil argent. Ismaël lui apporta un verre de vin blanc embué. Le chien hurla de nouveau à la mort.

— Les chiens sentent ces choses-là de très loin, dit Natacha.

— Nata ! Je t'en prie…

Ils se turent, cherchant à deviner d'où proviendrait le prochain hurlement. Le soleil disparut et l'horizon orangé s'éteignit lentement comme s'allumaient les balises rouges et vertes du chenal. L'ombre montait, allumant des guirlandes de lumière le long de la côte. L'écho prolongea un pathétique sanglot animal.

— Le chien des Rubnik, dit Elleni. Dès qu'ils le laissent seul à la maison, il aboie à la mort. Otan et Eugénie seront là dans cinq minutes.

— Je n'y avais jamais pensé, dit Natacha, mais est-ce qu'en ce moment Otan ne devrait pas changer de prénom ? Par pudeur ?

Betty tendit le cou comme un poulet en colère.

— Qu'est-ce que vous voulez dire par là ?

Elleni se fâcha :

— Non et non, vous n'allez pas commencer. Nous attendons aussi Bobibo et Pauline.

— Une soirée très... intellectuelle, si je comprends bien, dit Hugo dans l'espoir que les Pirovski mesureraient leur chance d'être invités en si intelligente compagnie, d'autant que, notoirement décavés, ils n'avaient pas toujours de quoi dîner et surtout de quoi boire.

— Et très artistique, dit Elleni. Anthea est revenue de Londres avec deux jeunes amis de son École des beaux-arts. L'un, Douglas, est le fils cadet de lord Swanson. Il est sculpteur. L'autre, Thomas, est fils d'un diplomate français en poste à Londres. Il est poète, paraît-il. Anthea jure qu'il a du génie. Comme il n'y a plus une chambre dans les hôtels, Oswald, qui s'intéresse à eux, les a logés dans l'ancien garage à bateau du rez-de-chaussée. Si ça vous amuse, en partant vous verrez ce qu'ils en ont fait avec des filets de pêche rouge et jaune, des bois flottés, de vieilles bouées qu'ils ont peintes comme des babas russes et quelques petites choses indécentes. On se croirait dans la grotte de Prospero.

— Deux artistes mais pas des pédales, j'espère ? dit Betty, la voix étranglée, visiblement mal à l'aise.

Hugo ferma les yeux et aspira une grande bouffée d'air. Elle en voyait partout. Avant de partir, il l'avait prévenue qu'on rencontrait des gens bizarres chez leurs hôtes.

— Le soir, dit Elleni sans relever la maladresse, ils récitent des poèmes sur la terrasse. Thomas parle grec. Malheureusement, c'est du grec classique et il s'étonne qu'on le comprenne mal à Corfou.

— Ma petite sirène déchaîne des passions, dit Gregory d'un ton accablé.

Avec l'âge, il sombrait dans de brefs accès de mélancolie quand on évoquait devant lui des jeunes filles en fleurs.

— Gregory est amoureux d'Anthea, dit Natacha. À dix ans, elle faisait adada-adada sur ses genoux. Il aimerait bien que ça dure encore, ces innocents plaisirs.

— Depuis, elle a grandi, elle fréquente des hommes de son âge et je ne suis plus son type d'homme. À quoi tiennent les passions ?

Anthea ne ferait plus jamais adada-adada sur les genoux de Gregory ni d'aucun homme dont tant d'années la sépareraient. Une minute de silence passa sur la terrasse, une de ces minutes où chacun rentre en soi à la recherche d'un souvenir perdu dans la nuit du passé.

— Si je calcule bien, dit Natacha, nous serons treize à table.

Betty se rua dans le panneau :

— Ces histoires de treize à table… personne n'y croit plus. Ce sont là superstitions d'autrefois quand le monde vivait dans l'ignorance.

— L'ignorance, c'était le bonheur, dit Elleni.

— Qu'est-ce que tu racontes ? s'indigna Natacha. Nous sommes heureux, parfaitement heureux. Avec un peu d'argent, ce serait encore plus parfait… sauf que moi, avec toutes ces vodkas, j'ai envie d'uriner.

— Natacha, ma petite Nata ! gronda Gregory. Ce n'est pas le mot à employer ici.

Elle s'extirpa péniblement de son fauteuil, laissant tomber sa canne qu'Ismaël ramassa et lui tendit.

— Gregory me bassine. Il trouve que je parle mal. Qu'est-ce qu'il faut dire ? Faire pipi ? C'est plus distingué ?

Elleni sourit :

— Ça gênerait moins.

Natacha haussa les épaules et marcha lourdement vers la baie vitrée. D'une main discrète sous le coude, Ismaël lui rappela qu'une marche séparait la terrasse du salon.

— Je n'ai pas vu Rubnik depuis l'an dernier, dit Hugo, pressé de revenir à un nom qu'il connaissait bien ou, peut-être, soucieux de parer à un nouvel impair de Betty. On entend moins souvent parler de lui depuis quelque temps. Nous étions condisciples rue d'Ulm et je n'ai jamais su si c'était un génie ou un fumiste délirant. La frontière est difficile à tracer. Il n'y a peut-être pas de frontière.

— Eugénie, en tout cas, est très conviviale, dit Betty.

Le mot « convivial » tortura Hugo.

— On dit qu'elle a du sang irlandais dans les veines.

— Qui n'en a pas ? dit Oswald tout vêtu de lin blanc à l'indienne. Même moi que l'IRA a fait sauter.

On ne l'avait pas entendu venir et il se tenait sur le seuil de la porte-fenêtre, appuyé d'une main sur sa canne, de l'autre sur l'épaule de sa fille.

— Oui, qui n'en a pas ? À Belfast, sans me demander mon avis on m'a tout de suite transfusé du sang, sûrement irlandais.

— Catholique ou protestant ? s'enquit Betty.

— J'imagine que, pour équilibrer, on a procédé à un mélange.

Anthea ressemblait tellement à Elleni que, n'étaient ses cheveux blonds coiffés en rouleaux sur les tempes, on les aurait prises l'une pour l'autre malgré trente ans de différence. Si on s'en étonnait devant lui, Oswald priait qu'on l'excusât de sa trop brève participation à la naissance de sa fille.

— Natacha n'est pas venue ?

Anthea le guidait vers un fauteuil dans lequel il s'assit avec précaution, sa canne, droite, serrée entre les cuisses.

— Elle est partie téléphoner ou se laver les mains, au choix, dit Elleni. J'espère qu'elle n'en profite pas pour changer les cartons des places à table.

Se détachant de son père, Anthea alla poser un baiser sur le front de Gregory qui gémit :

— Pourquoi sur le front ?

— Je déteste les moustachus barbus... oh... pardon Hugo !

— On pardonne toujours un cri du cœur. Je promets de me raser, dit Hugo.

— Ah ça non ! cria Betty en tapant du pied. Tu as le menton tout grêlé.

— Il n'y a pas de grand homme pour sa femme ! soupira Hugo avec une moue désabusée.

— Ou pour sa sœur ! ajouta Gregory en levant les yeux au ciel.

Elleni se pencha vers son mari et lui caressa la joue :

— Il est resté mon grand homme.

Oswald ne l'entendit pas, le regard absent, tout occupé de jouer fébrilement avec sa canne comme avec une toupie. Assise sur un coussin, à ses pieds, Anthea lui prit la main et l'arrêta.

À seize ans, lorsqu'elle vivait encore à Londres avec ses parents, Natacha avait été folle d'Oswald qui en avait vingt. Une brève liaison qu'elle revendiquait, que, en gentilhomme, il prétendait non consommée. À cette époque son intérêt allait ailleurs.

Les visages se levèrent : dans le ciel déjà noir où on les devinait plus qu'on ne les voyait, deux avions volaient de concert sans feux.

— Les gros porteurs, dit Oswald. Les gros porteurs de mort.

— Avec leur purification ethnique, ils l'ont bien voulu ! dit Betty de sa voix la plus perchée. C'était un crime contre l'humanité.

— Et si le remède est pire que le mal ? suggéra Gregory, conciliant.

Elleni se prit la tête entre les mains :

— Mes amis, mes amis, je vous en supplie...

Natacha revenait en claudiquant, son abondant corsage trempé. Entre les verres de vodka, elle partait souvent s'asperger d'eau froide et réapparaissait l'air réjoui comme après une bonne farce. Elle embrassa Oswald qui prit le choc avec indifférence et elle leva le poing à l'adresse des porteurs de mort.

— Vive la Serbie !

— Eh bien ? Qu'est-ce que j'entends ?

Guidés par Ismaël, les Rubnik arrivaient derrière Natacha. Les poings sur les hanches, Otan, dominé d'une tête par sa femme, jouit quelques secondes de l'effet de sa belle voix de basse. Comme s'il les avait entendus arriver sur la terrasse, le chien hurla à la mort.

— Voudrais-tu, mon Eugénie aimée, lui télépather que nous sommes bien chez nos amis Oswald et Elleni, qu'il ait la bonté de se coucher, de se calmer et de ne plus emmerder tout le quartier.

D'une légèreté inattendue pour sa taille, deux calebasses tremblant comme de la gelée dans son corsage et une chevelure rousse si flamboyante qu'elle luisait dans la nuit, Eugénie sauta sur le parapet et, deux doigts dans la bouche, siffla. Un joyeux aboiement lui répondit.

— Il nous demande de ne pas rentrer trop tard, dit-elle. Un vin blanc comme Elleni, s'il te plaît, Ismaël.

— Quoi de nouveau dans l'univers, vous qui savez tout de notre devenir ? demanda Betty.

Elle dévorait les romans de science-fiction d'Otan et n'avait jamais réussi à lire plus de dix pages du monumental essai de son mari sur l'érotisme au XVIIIe siècle. Otan boutonna sa veste fripée qui bâillait sur un ventre en œuf, épongea son crâne squameux et sa nuque dégoulinants de sueur :

— J'arrive dans une atmosphère tendue par des événements d'une inimportance totale au regard de ce qui se passe dans l'univers. C'est une habitude aussi ancienne que nos civilisations. Depuis le Neandertal les hommes s'étripent sur terre, de plus en plus scientifiquement, il faut le dire, et, sans doute, en est-il de même sur les autres planètes habitées pendant que des lois, dont nous maîtrisons à peine la connaissance, régissent les mondes. Ce dont je vous offre la primeur est si sensationnel que je vous prie de ne pas me couper la parole pendant deux minutes au moins. Hier soir, à vingt heures GMT, l'univers en expansion a brusquement arrêté sa course folle à l'Infini. Et, à la seconde même où nous avons, Eugénie et votre serviteur, quitté la maison, l'univers, après une brève hésitation d'un jour plein, amorçait le mouvement inverse. Les mondes se rapprochent les uns des autres à une vitesse incommensurable. À une date encore impossible à préciser avec une rigueur mathématique, les milliards de mondes solaires plus ou moins semblables au nôtre se fondront en un seul astre de la grosseur d'une tête d'épingle concentrant des milliards de milliards de mégatonnes explosives. Fin de citation.

Betty, la main sur la gorge et son collier de fausses perles, ne cacha pas sa frayeur :

— Et pour quand est-ce exactement ? C'est trop bête, nous venons juste d'acheter une maison.

— À vous, je peux le préciser : dans cinq milliards d'années.

— Alors, chère Betty, vous disposez d'encore un peu de temps ! dit Natacha en souriant.

— Pour moi, reprit Betty, insensible à la vanne de Natacha, ce qui m'inquiète, c'est surtout l'idée infernale — je dis bien infernale — d'être prisonnière d'une tête d'épingle. Est-ce que vous nous voyez tous dans cette situation-là ?

Ismaël, qui le connaissait, apporta une canette de bière qu'Otan décapsula entre ses dents et but au goulot.

— Enfermée dans la tête d'épingle, je crains de déborder un peu, dit Natacha.

Otan passa une langue gourmande sur ses lèvres humectées de mousse.

— Ça ne durera qu'un temps, au plus une seconde. La tête d'épingle d'une puissance également incalculable explosera de nouveau et le processus d'expansion illimitée reprendra comme par le passé.

— Et dans combien d'années l'Univers retrouvera-t-il ses frontières actuelles ? s'enquit Betty qui détestait utiliser les transports en commun aux heures de pointe.

— Quelques milliards encore. Voilà qui ridiculise, n'est-ce pas, le conflit kosovo-serbe pour lequel je vous sentais prêts les uns et les autres à vous entr'égorger.

Otan rendit à Ismaël la canette vide et bomba le torse en homme réjoui d'avoir semé le trouble dans les esprits et, en même temps, ramené la paix. Le bouton de sa veste sauta, découvrant par la chemise entrebâillée un nombril si émouvant qu'il fallait se retenir pour ne pas y plonger le petit doigt ou coller l'oreille et en guetter les fréquents borborygmes provoqués par une absorption brutale de bière.

« Borborygmes ! borborygmes, / Grognements sourds de l'estomac et des entrailles... », récitait, en guise d'excuse, Otan féru de Valery Larbaud. Si on le provoquait à ces moments-là, il invitait l'insolent ou l'insolente à presser de l'index l'endroit sensible et lâchait alors un rot satisfait et même quelque inconvenance — rare toutefois — étouffée par le coussin d'un fauteuil ou le passage d'une moto. Depuis sa radiation de l'enseignement, Otan écrivait des romans d'anticipation et, sous un pseudonyme, des romans noirs pour lesquels il avait inventé un détective privé bâfreur, assoiffé, volubile, épateur, grossier (ça plaisait beaucoup) et raffiné (question vin, foie gras et beaux livres), alors que les malfrats dont ce héros déjouait les turpitudes et les crimes apparaissaient, au moins dans leur vie privée et à l'intérieur du gang, comme des modèles de moralité, de bons pères de famille que le détective tournait cyniquement en dérision.

Ismaël apporta deux chaises pour Otan et Eugénie Rubnik qui se méfiaient l'un et l'autre des fauteuils dont on s'extrait avec quelque peine après plusieurs verres.

— Drôles de chaises ! ricana Betty. Toutes tordues ! Plutôt comiques ! Volées dans un jardin ?

Hugo cacha son visage dans ses mains :

— Pardonnez-lui !

— Me pardonner ? Me pardonner quoi ? Tu cherches encore une fois à me faire passer pour une idiote.

— Ces chaises sont de Giacometti, dit Anthea avec douceur.

Sa voix lui ressemblait, fruit d'une pensée qui paraissait l'isoler du présent auquel il est si facile de pardonner son ignorance ou sa bêtise quand on possède quelques certitudes. Sans les blesser par une ombre de condescendance, sans humilier ceux ou celles que fascinaient ses attraits — les rouleaux sur les tempes contrastant avec le maquillage un rien excessif des yeux, le nez grec trop catégorique de sa mère — Anthea les laissait muets ou confus de leur insuffisance devant cette apparition si étrangère à l'étroitesse de leur monde. Il fallait être Betty pour ne pas s'incliner :

— Giacometti est un peintre !

— Ces chaises sont l'œuvre de Diego, son frère.

— Je ne peux pas dire que j'aime. Trop... comment m'exprimer... trop baroque pour mon goût.

Elle suppliciait Hugo. Il y eut un silence : sortant du port un blanc paquebot de croisière déjà tous feux allumés passait le travers du Vieux Frusio. Porté par les eaux calmes, parvenait le halètement accéléré des machines.

Eugénie Rubnik brandit son verre :

— Je bois aux forçats des loisirs, aux femmes vomissantes, aux horribles enfants qui se poursuivent en hurlant sur le pont-promenade, à la main baladeuse du commissaire de bord... Que la fête soit... bande de crétins !

Sous le coup de la malédiction, la nuit tomba brutalement et la mer impavide fut un immense miroir sans tain taché de feux de bord rouges et verts, balayé par le pinceau d'un phare invisible. Dans le ciel, Vénus attira ici et là des inconnues. Ismaël surveillait les verres, passait les amuse-gueule et Anthea, assise à croupetons sur un coussin, offrait sa nuque à la main caressante d'Oswald.

— C'est si beau, dit Betty, qu'on ne sait pas quoi dire.

— Alors, on ne dit rien ! murmura son mari qui cachait mal une envie de l'étrangler.

Comment avait-il pu tomber amoureux de cette idiote ? Pour en revenir toujours à la même consternante réponse : elle l'avait piégé comme un gamin et, fille du recteur de l'université, cachait bien ses pimbêcheries sous un vernis mondain.

Ismaël servait un verre de vin blanc à Oswald.

— Du vin blanc ! s'inquiéta Elleni. Tu sais bien…

— Je me sens très fort. Douglas est monté me masser la nuque. Il a des mains de sorcier, ce jeune sculpteur.

Natacha releva sa jupe à mi-cuisse, découvrant un genou tuméfié.

— Je devrais lui montrer ma jambe. Il saura peut-être.

— Cache ça, dit Gregory. Tu nous coupes la soif.

Anthea reposa sa tête contre la cuisse d'Oswald. Sur son visage, à hauteur des photophores, passaient les éclairs tremblants des bougies. Hugo rêvait d'elle et aurait bien voulu la reconnaître dans un de ses chers fantasmes, mais elle appartenait à un autre temps, plus proche bien que d'une encore romantique séduction, le temps des préraphaélites anglais. Burne-Jones l'eût peinte de profil, le front ceint de lauriers, composée, absente. Certes, on retrouvait beaucoup d'Elleni en elle dès le premier regard, puis, si Anthea restait un moment près de son père, c'est à lui qu'elle ressemblait d'une façon hallucinante. « Avec Anthea, disait-il avant que la foudre l'eût frappé, nous avons la preuve absolue que la réincarnation n'est pas un mythe, même bien avant la mort. »

— … ils sont toujours en retard, dit Elleni.

— Un cas de génétique irréfutable, observa Otan. Bobibo est né à dix mois. Il a un mois de retard pour tout ce qu'il entreprend.

Betty soupira :

— Nous n'allons tout de même pas les attendre un mois !

Natacha :

— Vous auriez dû apporter un en-cas et de quoi vous changer. Peut-être même un nécessaire à maquillage. Les réveils du petit matin sont cruels.

— Parlez pour vous !

— Oh, pour moi, la situation est irréversible.

Elleni :

— Ismaël, mademoiselle Pirovski n'a rien à boire. Oui, les Beauport sont souvent en retard. Pauline ne quitte pas la maison sans s'assurer que son chat dort et Bobibo sans avoir entendu les derniers bulletins d'information de la journée. C'est sa drogue du matin au soir et même la nuit où il branche son poste émetteur-récepteur sur ondes courtes. Il a des correspondants dans le monde entier. Ajoutez-y récemment un e-mail dont la lecture lui brûle les yeux jusqu'au petit jour.

Ismaël remplissait le verre de Natacha avec de majestueux ronds de bras appris d'un Marocain qui versait l'eau bouillante sur le pain de sucre et le thé à la menthe.

— Je n'ai jamais compris pourquoi on l'appelle Bobibo, dit Betty, décidée à ne pas se laisser voler l'initiative. C'est ridicule avec un physique pareil !

— Robert a donné Bobby et, de Beauport, il n'est resté que la première syllabe. Ça fait gagner un peu de temps sur son mois de retard à la naissance.

Oswald sortit de son silence :

— Elleni, as-tu invité Marcello ?

— Il n'est pas à Corfou.

— Mais, Maman, j'ai vu ce matin passer sous voiles le *Wild Flower*. Il doit être à quai.

— Vraiment, dit Gregory, cet ami est un extraterrestre. Marcello, nous l'avons connu quand il était figurant dans un film de Vittorio de Sica. Famélique à l'époque.

— Et moi, dit Otan, quand il était le... comment exprimer ça pudiquement... le secrétaire d'un ambassadeur de Sa Majesté. Ça remonte déjà loin. Il se prétendait fils d'un évêque... Je me demande s'il le dit encore. Depuis, il a pris du grade et rebondi de dame en dame. Un spécialiste des veuves si riches qu'elles en crèvent très vite. Et maintenant veuf à son tour, notre Marcello sillonne les mers à bord d'une goélette avec dix hommes d'équipage en blanc immaculé, coiffés de canotiers à rubans rouges quand ils arrivent au port. Un artiste.

Natacha ouvrit grands les bras :

— Un artiste avec un braquemart inoubliable, paraît-il. Oui, comme ça...

— Nata, Nata... je t'en prie ! Pas devant Anthea ! supplia Gregory en lui rabattant les bras.

La jeune fille redressa la tête, le visage glorieux d'innocence :

— Cher Gregory, j'ai passé l'âge de l'innocence. J'ai connu l'Homme.

Il y eut une sorte de flottement, un silence ambigu pendant lequel chacun plongea en soi sans oser regarder Anthea dont la tête se reposa contre la jambe d'Oswald. Les femmes se souvenaient d'un premier effroi, les hommes de leur première indécence.

— Voilà qui résonne comme un coup de pistolet dans un concert, dit Hugo.

Otan murmura qu'on aimerait bien savoir quel infâme salaud avait abusé d'Anthea. Elle secoua la tête : elle était beaucoup plus coupable que l'« infâme salaud ». C'est tout juste si elle ne l'avait pas violé. Simplement pour voir. Enfin… non… le verbe « voir » était inexact. Dans pareil cas, on ne voit rien ou presque rien.

Oswald semblait ailleurs, la tête renversée, les yeux scrutant le ciel où les étoiles se multipliaient de minute en minute.

— Qu'est-ce qui sent si bon ? demanda Eugénie Rubnik debout près du parapet, comme si elle s'apprêtait à exécuter un merveilleux saut de l'ange et à voler par-dessus le jardin jusqu'à la mer.

— La dame-de-la-nuit, dit Elleni. C'est son heure. J'en ai apporté de l'Attique quand nous nous sommes installés ici. Maintenant, il y en a dans tous les jardins. Le soir, un magicien passe et recueille le pollen qu'il sème partout.

— Je salue le magicien, tous les magiciens, murmura Oswald en soulevant sa calotte qui découvrit un crâne aux cheveux blancs sauf une tonsure à hauteur de la fosse temporale droite, un espace nu, un doux creux protégé par une membrane rose qui battait à chaque aspiration comme la fontanelle d'un nouveau-né.

Anthea lui retira la calotte des mains et l'en recoiffa soigneusement.

— Ma fille... je veux dire, ma petite Anthea, ma petite fleur, n'aime pas du tout que je montre ça. Elle prétend que ça jette un froid les soirs d'été quand il y a la lune ou même pas de lune du tout, mais pourtant je vous assure que c'est moins laid qu'un chauffeur décapité ou un garde du corps retenant ses tripes d'une main. J'ai eu de la chance... sauf que j'égare parfois les mots, je dois creuser des tunnels très sombres pour les retrouver, mais, si vous me laissez le temps, ils sortiront de leur cachette et je vous les offrirai sur un plat. Vous verrez que tout va très bien là-dedans...

Il se frappa le front. Anthea tremblait.

— ... les rebelles irlandais ont planté un éclat de bombe dans ma cervelle... ils visent mal... je ne leur en veux pas... je voulais même l'offrir à Gerry Adams pour son musée de l'IRA en souvenir et sans rancune. Malheureusement, à mon réveil, le chirurgien avait déjà jeté aux ordures mon précieux éclat de bombe avec toutes sortes d'esquilles d'os qui me manquent bien aujourd'hui.

— Tu ne dois plus y penser, dit Natacha. Nous sommes tous là, autour de toi.

— … et c'est une si belle nuit, ajouta Elleni. Dès que Pauline et Bobibo seront là, nous passerons à table. Anthea, as-tu prévenu tes amis ?

Oswald, renversé dans son fauteuil, portait à ses lèvres le verre de vin blanc dont il but une rapide gorgée en fermant les yeux. Anthea lui retira le verre des mains et avec un plissement du front le tendit discrètement à Ismaël.

— Mes amis, Maman ? Ah oui, en ce moment ils me jouent aux cartes. Ça peut être long.

Betty écarquilla les yeux :

— Comment ? Ils *vous* jouent aux cartes…

— Je les adore tous les deux. Il faut bien choisir. On ne peut pas avoir deux amants à la fois.

— Non, évidemment… Encore… que…

Hugo se mordit les lèvres pour ne pas supplier sa femme de se taire. Ce n'était plus tant ce qu'elle disait que le ton affecté et très étranger à ce milieu où, apparemment, régnait une grande liberté de parole. Il aurait tout donné pour qu'elle eût la désinvolture de Natacha ou d'Eugénie Rubnik et ne s'indignât de rien. Le « ils me jouent aux cartes » avait provoqué un de ces silences qu'on attribue au passage d'un ange. Oswald fermait les yeux ; Elleni savait déjà ; Gregory renfrogné se leva pour contempler, mains aux poches, la mer luisante dans la nuit ; les Rubnik surveillaient Ismaël leur préparant un gin-fizz.

— Ton verre est vide, dit la jeune fille à Natacha.

— Ma petite, je freine… À table il n'y aura pas que de l'eau ?

— Sois tranquille.

Pour accéder à la terrasse, il fallait longuement sonner à la porte donnant sur les remparts. Ismaël entendait mal et la cuisinière, une plantureuse Épirote, devait l'engueuler pour qu'il descende en trombe ouvrir la lourde porte vénitienne.

— Sublime ! lança Bobibo en arrivant suivi par Pauline hors d'haleine.

Pendant l'enfance, les sobriquets ont du charme. À plus de soixante ans, ils ôtent du sérieux à des discours comme ceux dont Bobibo raffolait dès qu'il tenait un auditoire complaisant. Pauline détestait qu'on l'appelât Mme Bobibo et prétendait à d'autres titres, imaginaires pour la plupart mais dont l'un, d'origine impériale, avait quelque vérité : comtesse de Montebello. À force de petites retouches, ici et là, elle paraissait vingt ans de moins que son âge, coiffée à la garçonne, la nuque rasée toujours raide, les yeux — très beaux d'ailleurs, d'un noir velouté — fardés comme d'une voyante, le reste du visage nu. Dotée d'une belle voix de contralto, elle ne refusait pas de chanter en société si on l'en priait avec assez d'insistance. Bobibo, fou de bel canto, l'avait épousée pour ça et, du coup, étouffé dans l'œuf ce que l'on a coutume d'appeler une prometteuse carrière sans rien en savoir. Pour le reste, elle ne gâtait pas son mari. Il ne s'en plaignait plus depuis des années.

Otan s'empara de Bobibo qui, en costume de shantung beige, un panama encore à la main, avait vraiment l'air d'un colon en vacances de sa plantation. Son anglophilie tempérée par une égale anglophobie et l'influence de sa femme avait modelé sa silhouette, forgé son caractère et marqué son visage : teint rougeaud, moustache en brosse, sourcils batailleurs et, dans l'habillement, un chic encore rigide rythmé par les moulinets d'un stick à pommeau d'argent parfaitement incongru dans les rues de Corfou.

— Mon cher, comme toujours, vous arrivez une minute trop tard. Un ange vient de passer. Il a eu peur de vous.

— Il aurait pu patienter rien que pour Pauline qui adore les anges…

Pauline appliqua quelques baisers secs sur les joues des dames. D'une main légère, elle tapota le ventre d'Otan (pour une fois discret. Il admirait trop Pauline), offrit ses doigts à baiser au professeur Krug et se planta devant Oswald dont elle caressa la main posée sur l'accoudoir. Il ouvrit les yeux et sourit quand elle tendit un bouquet de tubéreuses.

— Je connais, j'en ai respiré au Paradis. Merveilleux ! Inoubliable. J'aurais dû rester là-haut.

Il leva l'index vers le ciel. Anthea le débarrassa du bouquet.

— Je les mets dans un vase sur la table près de ton couvert.

— Pauline, jouez-vous toujours aussi bien au tennis ? dit Oswald.

— Je ne joue pas au tennis, mais je chante.

— N'est-ce pas un peu la même chose ?

Le devançant, Bobibo saisit Otan par le revers de son veston.

— Entre nous, cher ami, ça va mal, très mal. À Londres le quartier général s'est réuni ce matin pour faire le point : le bilan est catastrophique.

— Les médias prétendent le contraire.

Bobibo écarquilla les yeux :

— Est-ce bien à monsieur Otan Rubnik que j'ai l'honneur de parler ?

— Oui, je sais qu'il faut en prendre un peu, en laisser beaucoup. Rien que d'ici, on peut en juger. Tenez… écoutez !

Dans le ciel noir, un grondement sourd déchira la nuit. Trahis par un panache grisâtre, les avions ne volaient pas de concert mais en file indienne à quelques secondes d'intervalle avant de se disperser au-dessus des montagnes albanaises, en direction de la Serbie. La veille, un bombardier au retour d'une mission contrariée par le temps couvert s'était délesté de ses missiles dans le détroit, libérant un geyser.

— Si vous aviez vu, cher sceptique, dit Bobibo, les caïques corfiotes et albanais se précipitant pour ramasser la pêche miraculeuse ! Peut-être vingt tonnes. Ils ont fini par se tirer des coups de fusil. Il n'y a pas de morts du côté grec et ce matin le marché regorgeait de poissons vitreux, aux ventres éclatés. Les prix ont chuté. J'ai appelé le Foreign Office cet après-midi. Par chance je suis tombé sur le ministre en personne, Robin Cook, qui, exceptionnellement, n'était pas aux courses et je lui ai demandé si la purification ethnique s'étendait à la faune sous-marine de la mer Ionienne. Il allait demander à sa secrétaire. « De toute façon, m'a-t-il dit, ces bavures sont imprévisibles. J'en parlerai à Tony Blair ou à son épouse qui est très à la page, opposée à la chasse à courre et, à plus forte raison, à la pêche au trinitrotoluène. » J'ai aussi appelé Hillary à Washington. Malheureusement elle était chez son esthéticienne et Bill a pris la communication. Il interrogera Madeleine Albright et me rappellera cette nuit. En France, Dominique Voynet faisait sa cure mensuelle de thalassothérapie mais elle était au courant et le ministère de l'Environnement a enregistré une déclaration qui passe en bande : « Madame "la" Ministre vous remercie de votre attention, mais elle a perdu cinq cents grammes cette semaine et, en conséquence, se fout totalement des poissons de la mer Ionienne. Elle a bien assez d'emmerdements comme ça avec les chasseurs. » *Textu.* Vous direz, cher Otan, que je joue de malchance... eh bien non ! Si j'arrive le dernier ce soir, c'est parce qu'Albright m'a rappelé. En fait, elle croyait que vingt tonnes de Serbes étaient morts. Ça l'a bien déçue quand je lui ai précisé qu'il s'agissait de poissons. Vous savez, comme moi, qu'elle hait les Serbes depuis son enfance. Le Mossad en a trouvé la raison. Fuyant les nazis en Tchécoslovaquie, sa famille s'était réfugiée en Yougoslavie. À six ans, Madeleine allait à l'école où le fils d'un notable l'a traitée de « gros cul ». Elle n'a pas oublié. Personne n'aime la vérité, même à cet âge. La Serbie entière paie l'affront. Pire encore, à Rambouillet, pendant les négociations elle a mis le marché en main au représentant de Milosevic : « C'est la guerre ou l'amour. » Le type est parti en criant : « Je préfère encore la guerre ! » Ça, non plus, ça ne se pardonne pas. Elle poursuit en justice un éditorialiste du *Herald Tribune* qui a suggéré que, pour payer ses études à Londres, elle faisait les lits dans une maison de passe et gardait de cette époque sa moue dégoûtée.

— Intéressant ! dit Otan, peu convaincu et son attention détournée par l'arrivée d'un jeune homme qui parut exagérément grand à cette génération mal nourrie pendant la Seconde Guerre mondiale : Hugo, Gregory, Otan, Bobibo. Seul rivalisait avec lui Oswald mais, affalé dans son fauteuil, les jambes croisées, le regard absent, réfugié dans des pensées sans frontières. Les lumières dansantes des photophores creusaient son pâle visage d'ombres et d'éclats où le regard bleu brillait comme les yeux des mannequins du musée Tussaud.

Douglas, ou plus familièrement Doug, se tenait dans l'embrasure de la porte-fenêtre, étonné de découvrir soudain tant de monde encore difficilement reconnaissable, tous ces corps assis ou debout arrêtés dans leurs mouvements et leurs conversations par sa soudaine arrivée. Les lampes basses les éclairaient à mi-corps, sauf Natacha restée assise et penchée en avant pour mieux le voir, son visage de gorgone tartare dévoré de curiosité. Anthea se dirigea vers lui et ses mains sur les épaules du jeune homme :

— Alors, c'est toi ?

— J'ai gagné.

Dressée sur la pointe des pieds bien qu'elle fût presque aussi grande que lui, elle posa un rapide baiser sur les lèvres de son ami et le conduisit à Elleni.

— Madame, je ne suis peut-être pas celui que vous souhaitiez.

— Pas de modestie, mon garçon, je ne souhaite que le bonheur d'Anthea. Présentez-vous à nos amis.

— Je ne suis pas habillé.

— Oh ! dit Natacha, devant laquelle il s'arrêta en premier parce qu'avec son physique et sa demi-invalidité, elle semblait la doyenne des femmes présentes, oh Mr. Doug, vous seriez bien plus gêné en smoking au milieu d'une bande de clochards ! Allons, ne vous frappez pas, en jean, avec votre charmant gilet écussonné sur un T-shirt de Manchester United, vous êtes bien plus séduisant que les messieurs ici présents. Alors, embrassez-moi, je suis presque de la famille depuis plus de cinquante ans et vous êtes bien balancé, le cheveu long comme il faut à votre génération, pas d'anneau à l'oreille ou la narine. Anthea fera quelque chose de vous.

— Je connais votre père, lui dit Bobibo. Nous étions dans la même année aux Sciences politiques, rue Saint-Guillaume. Toujours en costume croisé, chemise bleue à col blanc, mais pas de chapeau Eden, comme le voulait la mode. Sir Peregrine détestait la politique d'Eden à cause de l'affaire de Suez. En jean et battle-dress vous avez mis un siècle entre vous deux. Nous nous sommes retrouvés, votre père et moi, en Rhodésie — pardon au Zimbabwe — dans la commission de contrôle, l'année de l'indépendance, puis à Belfast il y a deux ans quand notre cher Oswald a été si grièvement blessé lors de cet affreux attentat. J'étais avec sir Peregrine dans la voiture qui suivait. C'est un négociateur-né, ce qui, d'ailleurs, n'a jamais servi à rien, le but de toute négociation étant de permettre une trêve pour que les partis en présence reprennent leur souffle, se réarment, entraînent de nouveaux volontaires et reprennent le combat. Croyez-moi, il n'y a de bonne guerre et durable que la guerre civile. On massacre son voisin parce qu'on le connaît bien. C'est un parent ou un ami et un jour il a eu une parole humiliante jamais pardonnée. Les deux grandes guerres du XXe siècle ont été des guerres civiles. Aux aguets, derrière leur muraille, les Chinois attendent que l'Occident soit sur les genoux. Ils n'ont pas d'état d'âme et l'écraseront d'une pichenette. Je ne prophétise pas : c'est ce que m'a annoncé Deng Xiaoping peu avant sa mort. Nous étions en tête à tête et il a laissé parler son cœur… si j'ose dire. Quand j'ai rapporté ça à Chirac, il m'a ri au nez et m'a montré sur sa table un recueil de poésies chinoises : « Si vous croyez, mon cher Bobibo, qu'un peuple qui a de pareils poètes peut nourrir d'aussi sombres desseins, vous vous fourrez le doigt dans l'œil. »

Elleni les priait de gagner la salle à manger donnant sur l'autre extrémité de la terrasse. Elle enleva Doug à Bobibo :

— Où est votre ami Thomas ?

— Je crains qu'il ne soit pas spécialement heureux ce soir.

— Anthea, dit-elle, préviens-le que nous passons à table. Doug, vous serez entre Pauline et Eugénie, face à Betty Krug.

Douglas prit Betty par la taille avec une familiarité qui étonna Eugénie derrière eux :

— Comme c'est amusant… vous vous connaissez, si je comprends bien ?

Entre ses dents, Betty murmura :

— Pour l'amour du ciel, Doug, lâchez-moi.

— J'ai gardé un excellent souvenir, je sais même encore le numéro de la chambre : 316, au Grande-Bretagne, n'est-ce pas ?

— Taisez-vous !

À table, assise entre Otan et Oswald, elle se retrouva en face de Douglas qui déchaussa son pied droit et l'avança en tâtonnant jusqu'au genou nu d'une Betty incapable de cacher son émoi amusé. Le seul à s'en apercevoir fut naturellement celui qui n'aurait pas dû. Hugo ayant laissé tomber sa serviette, un bref coup d'œil sous la table lui apprit que son épouse, si fort détestée par accès, écartait les cuisses pour recevoir la caresse de ce pied nu aux doigts agiles. L'amour-propre, grand chez lui, ne s'étendait pas jusqu'à Betty. Divers sentiments le partageaient. Des hommes découvrent ce qu'il est commun d'appeler leur infortune avec un mélange de gêne et, au mieux, d'étonnement. La femme qu'ils ne désirent plus attire encore plus jeune qu'eux et même plus jeune qu'elle. Pas encore la quarantaine, Betty restait désirable. Si un garçon de l'âge de Douglas s'en éprenait (ou s'en satisfaisait, ne fût-ce que pour une brève aventure), c'est qu'elle en valait encore la peine malgré sa sottise et ses clichés. Impossible que l'affaire remontât très loin. Hugo se souvint que, huit jours auparavant, Betty, arrivant de Paris et ayant manqué la correspondance pour Corfou, avait passé une nuit seule à Athènes, au Grande-Bretagne. À son arrivée le lendemain, très volubile, elle racontait négligemment en ouvrant sa valise une rencontre dans l'avion de Paris avec deux jeunes gens très charitables — des artistes, disait-elle, et visiblement de la meilleure société — qui l'avaient aimablement conduite au Grande-Bretagne en attendant l'avion du lendemain. Sans eux, elle aurait passé la nuit sur une banquette de l'aéroport. Comble de la galanterie, ils avaient réglé sa chambre malgré ses protestations. D'une avarice de fourmi, Hugo s'était gardé de chercher plus loin.

Du coup, il examina sa femme avec attention et reconnut qu'elle résistait bien au temps : nez délicat, teint à peine bronzé par les premiers jours de plage, cheveux bruns aux quelques fils d'argent, grâce du cou. Même ses gestes maniérés, qui trahissaient son peu d'aisance dans un milieu étranger très mêlé, gardaient un charme ingénu. Il lui adressa un sourire qui la laissa interloquée. Depuis longtemps elle s'était déshabituée de ces sortes de connivence que les époux échangent pour s'assurer qu'ils sont bien l'un à l'autre. Croyant à une tache de mayonnaise (on venait de servir des langoustes froides), elle s'essuya le menton et les lèvres, vérifia les boutonnières de son chemisier, l'ordre de son collier de fausses perles et desserra les cuisses pour livrer passage au pied inquisiteur de Douglas. Pauline s'inquiéta de voir son voisin de droite se trémousser sur sa chaise :

— Vous êtes mal assis ?

— Non, madame, pas du tout, mais je souffre d'un point dans le dos et dois allonger mes jambes.

Il se redressa. En face, Betty fit la moue.

— Vous connaissez tout le monde ce soir et moi personne, dit-il à Pauline. J'aimerais bien savoir qui est cette caricature d'Anglais, ami intime du monde entier et de Deng Xiaoping en particulier qui lui « ouvre son cœur », une métaphore osée. Il se prétend aussi l'ami de mon père. Est-ce un politique ou un de ces mythomanes qui font le bonheur d'un dîner ? Il n'en a pourtant pas le physique. Il ressemble plutôt à un officier de l'armée des Indes en retraite. Sait-il vraiment le chinois ?

— Monsieur, c'est une question que je me pose depuis longtemps, en fait depuis vingt ans que nous sommes mariés.

— Eh bien, voilà ce qu'on appelle une gaffe.

— Même un peu plus qu'une gaffe.

Pauline Beauport lui sourit avec une amabilité qui n'avait rien de forcé. En fait, elle trouvait cela plutôt drôle et savait fort bien que, dans ces cas, le gaffeur est le plus gêné des deux, mais

Douglas paraissait au-dessus de tout embarras et, sous la table, allongeait de nouveau la jambe pour se glisser entre les cuisses de Betty qui fronça les sourcils et posa un doigt sur ses lèvres. Assise à la gauche de Douglas, Eugénie Rubnik ne fut pas dupe du manège :

— Amusant jeune homme, vous vous dispersez. Vous avez gagné au jeu une ravissante créature, notre petite Anthea, et, à peine élu par le hasard d'une partie de cartes, vous la trompez en détournant de ses devoirs une emmerdeuse dotée d'un mari aux réactions imprévisibles.

— Je rends le plus grand service au professeur Krug. Cette nuit, sa femme lui fera une fête.

— En somme vous êtes le bienfaiteur de la féminité souffrante. Ne jouez pas trop avec le feu. Mais j'entends rire autour de Natacha…

— … au lycée, dans les années trente, Gregory avait un ami dont j'étais folle. Il collectionnait les rognures d'ongles de ses camarades de classe, les rangeait dans des boîtes d'allumettes bien étiquetées, avec le nom, la date. Plusieurs sont devenus célèbres.

— À un moment de ma vie de jeune homme, dit Bobibo, je collectionnais les petites culottes.

Dans l'air, il dessina un triangle.

— … et puis un jour, je me suis marié. Fini.

— Si j'avais su, dit Pauline, je ne l'aurais jamais épousé. Mon père collectionnait les incunables.

Natacha sauta sur l'occasion :

— C'est comme Frederick North, l'Anglais qui a fondé l'académie Ionienne en 1830...

La voix froide d'Oswald, dictée d'ailleurs, errant toujours plus ou moins dans les limbes, corrigea sèchement :

— Pas en 1830, en 1828, l'année où le poète Solomos est venu s'installer à Corfou...

Il replongea dans son assiette, tout occupé de vider la tête de sa langouste.

— Oswald a une mémoire inouïe, dit Elleni, la gorge serrée.

— ... en 1828, reprit Natacha, ce Frederick North s'est promu président de sa petite académie et, en toge rouge, le front ceint d'un bandeau doré, il se promenait dans les rues de Corfou suivi d'une cohorte de jeunes, très jeunes « étudiants » en toges vertes, le front ceint d'un bandeau argenté. Tous jolis comme des cœurs. Le soir ça dansait au son du pipeau.

— J'ai dit un collectionneur d'INCUNABLES ! corrigea Pauline, pas dupe du dérapage de Natacha.

— Ciel ! J'ai l'oreille mal tournée ! s'exclama celle-ci. Heureusement que Marcello est absent.

Oswald en avait fini avec sa langouste. Découvrant que son verre était vide, il le brandit à l'intention d'Ismaël qui tournait autour de la table, une dame-jeanne de vin blanc sur l'épaule. L'Albanais, sur un signe d'Elleni, ne remplit le verre qu'à moitié. Oswald but d'un trait, posa le verre et le fit tinter en le frappant avec le plat de son couteau :

— Où est-elle passée ? Vous savez cette grande jeune fille qui est venue de Londres avec nous, qui ressemble à Elleni, qui a une robe noire…

Il fronça les sourcils, esquissa un geste las de la main. Son regard fit le tour de la table :

— Elle n'est pas là !

— Elle est allée chercher Thomas, dit Elleni évitant de prononcer le nom de leur fille autour duquel Oswald tournait sans le trouver.

Je parie que son nom est Anthea, dit Oswald avec un sourire charmant comme si son trou de mémoire avait été une malicieuse énigme offerte à ses invités.

— Je suis là ! dit Anthea.

Elle se tenait dans l'embrasure de la baie vitrée, ses beaux cheveux dénoués tombant sur ses épaules nues, le visage d'une pâleur extrême.

— Thomas veut se suicider ! dit-elle, la voix tremblante. Doug ! Va lui parler.

— Ma chérie, je ne connais pas de raisonnement qui empêcherait un homme de se suicider s'il en a vraiment l'intention, a fortiori si c'est Thomas.

Les conversations tombèrent d'un coup, mais Otan — soit que, devenu un peu dur d'oreille, il n'eût pas entendu Anthea et Doug, soit qu'il crût qu'on se taisait pour l'écouter — continuait d'expliquer à Gregory sa vision de l'exploration des espaces :

— ... c'est bien simple : notre désir d'aller toujours plus loin est irrésistible. Tout nous pousse vers un ailleurs dont on n'a encore qu'une vague idée. En 1453, Byzance tombe aux mains des Turcs. La route de la soie et des épices est barrée. Que faire ? Une seule solution : s'étendre à l'ouest. Christophe Colomb s'élance à la poursuite du soleil. Il pense arriver à Cipango, le Japon, et découvre Haïti. C'est déjà ça. La fascination de l'Histoire tient à ce qu'elle se répète avec insistance, persuadée que nous sommes complètement idiots et qu'elle doit insister lourdement pour que nous prêtions attention à ses prophéties. Eh bien, aujourd'hui, tout recommence. Vous avez entendu Bobibo tout à l'heure : dans dix ans, dans vingt ans, la Chine sera maîtresse du monde. Comment lui échapper ? Préparer un exode ? Vers où ? La Lune ? Elle est invivable. Après, c'est Mars. Il y a de l'eau, paraît-il. Avec les moyens actuels, le voyage est interminable : onze mois. Imagines-tu un Adam et une Ève enfermés dans un gros œuf pendant tout ce temps ? Ou dix mille dans une immense nef ? Ce serait la guerre. À l'arrivée, il resterait à peine une poignée de survivants. Si le vaisseau s'est posé dans une vallée que le soleil n'atteint pas, ils seront aussitôt congelés à moins 140°, si c'est dans une région tempérée à plus de 20°, ils seront asphyxiés par l'atmosphère à 95 % de dioxyde de carbone, il faut tout apporter pour vivre là-bas. Ça te dit quelque chose ?

— Rien ! avoua Gregory qui essayait de tirer d'une patte de langouste un filet de chair rose.

— Il y a des planètes où la vie est possible. L'ennui est qu'elles sont à des milliers d'années-lumière de nous.

— Je vois ça, dit Gregory qui se resservit de mayonnaise.

— Non, tu ne vois rien parce que même si nous inventons un vaisseau spatial qui naviguera à presque la vitesse de la lumière — moins 2 000 kilomètres, a calculé Einstein — aucun être vivant n'arriverait à bon port.

— Il y a peut-être des pilules pour ça.

— Tu déconnes, mon vieux. En vérité, il n'y

a qu'un moyen d'atteindre une autre sphère céleste que la nôtre, il y a la pensée. La pensée file à une vitesse foudroyante. Tu dis : je suis sur Jupiter et tu y es.

— Je crois que je préfère Vénus.

— Tu ne me saisis pas, mon pauvre Gregory. Réfléchis un peu. Quand tu dis : je suis à Tokyo et que tu fermes les yeux, tu y es, sauf ton corps.

— Évidemment, c'est la difficulté.

— Dans la tradition catholique, les saints éblouissent par leurs dons : saint Joseph de Cupertino excelle à la lévitation, c'est d'ailleurs le patron des aviateurs comme sainte Thérèse d'Ávila pourrait être la patronne des aviatrices. Plusieurs ont le don du parfum, mais c'est le don qui m'intéresse le moins alors que j'attends tout du don d'ubiquité : Jésus est vu en plusieurs endroits à la fois ; saint François est enfermé à clé dans sa cellule du monastère d'Assise et apparaît en même temps à Rome. Plus récemment encore, le padre Pio prie dans sa cellule du couvent des franciscains à San Giovanni Rotondo et apparaît — très reconnaissable à, justement, son don du parfum — aux deux aviateurs américains qui s'apprêtent à bombarder Bari. D'une supplique en parfait anglais, alors qu'il n'a jamais parlé cette langue, il les convainc de se dérouter…

— Il n'y a pas de saints en Serbie pour prier les bombardiers de déposer ailleurs leurs crottes, par exemple sur Washington, Londres, Paris ou Berlin ? s'enquit Bobibo.

— Vous rapetissez le problème. Nous parlons du cosmos.

— Désolé !

Otan marqua une hésitation, étonné par le silence des convives, tous ces visages tournés vers lui en une muette réprobation qu'il était à des milliers d'années-lumière de soupçonner, content d'avoir volé la parole à Bobibo.

— La solution est là : retrouver la foi qui déplace les montagnes et l'utiliser pour visiter notre sphère céleste. Sans la foi, nous sommes misérablement cloués à la vie à la mort sur cette planète et destinés à devenir les coolies des Fils du Ciel, les bien nommés. Dès aujourd'hui, il est impérieux de repeupler les monastères et de provoquer des vocations de mystiques, si possible de stigmatisés, ce sont les meilleurs voyageurs de l'intemporel. Nous n'aurons même pas besoin de leur fabriquer des nefs spatiales. En pensée ils gagneront, l'éclair d'une seconde, corps glorieux, d'autres planètes habitables et prépareront des terrains pour l'arrivée des non-Jaunes. De plus, sans péchés, ils recréeront un monde innocent et fraternel. Est-ce que Malraux n'a pas prédit que le XXIe siècle serait mystique ? Un bon programme de gouvernement doit préparer ces émissaires angéliques. L'instantanéisme de leur don d'ubiquité leur permettra de choisir le plus approprié des terrains d'atterrissage et de colonisation. Bien entendu à ces saints explorateurs de notre univers, il faut apprendre à bricoler. Ils devront être aussi architectes, ingénieurs, physiciens, chimistes, armés de vertus hors de l'ordinaire. Nos nouveaux apôtres partiront sans une drachme en poche. Leur petite colonie ne connaîtra que la Poésie et la Justice, l'oubli de soi, et surtout pas la démocratie… Le soin que la NASA a pris de désinfecter tout véhicule débarquant sur la Lune et sur Mars est une leçon. Sur une planète vierge, nous enverrons des saints et des saintes qui n'ont pas connu le péché…

Lancé, Otan aurait continué ainsi, aidé par Gregory qui lui servait, non sans ruse, de tremplin, si sa femme ne l'avait soudain arrêté :

— Tu te rends compte, mon Otan chéri, que tu es un petit peu beaucoup hors de la question avec tes planètes peuplées d'astronautes mystiques ?

— Moi ?

— Oui, toi ! Anthea vient de nous annoncer que son ami Thomas entend se suicider. Douglas, dont le calme olympien nous étonne, n'a pas d'arguments contre ce suicide. Ne comptons pas sur lui, mais toi, toi cher Otan, mon mari, n'aurais-tu pas quelque part dans ta fertile imagination une réponse susceptible de le dissuader ?

La foudre tombait sur Otan. Il était à cent lieues et n'avait jamais même rêvé qu'on pût être assez malheureux pour quitter la vie. La voix d'Eugénie, les regards offusqués des autres invités, même l'air absent d'Oswald le rappelaient sur terre, loin de ses fantasmes de planètes peuplées de missionnaires barbus et stigmatisés fondateurs de nouveaux empires. Quand il comprit que Douglas refusait de descendre dans le garage voir son ami, Otan se dressa, reboutonnant sa veste :

— Eh bien, moi, j'irai !

D'un pas devenu hésitant après de nombreux verres de vin blanc, il se dirigea vers Anthea. Depuis son apparition, elle ne quittait pas le seuil de la terrasse et se dressait, agressive, vivant reproche à l'insensibilité de ce monde — le sien depuis l'enfance — devant une mort annoncée aussi dramatiquement, encore retenue au bord du gouffre où, la première émotion passée, tous l'oublieraient. Mais Anthea ne voulait pas Otan, elle avait voulu Douglas et, soudain, le découvrait dans sa vérité : toujours séduisant bien sûr et même plus qu'il ne l'avait jamais été pour elle, mais lâche, terriblement lâche. Douglas, vaincu, se leva enfin, claudiquant parce qu'il ne retrouvait pas son mocassin adroitement subtilisé par Eugénie. Betty, prise de rougeurs sous le regard ironique et méchant d'Hugo, se leva précipitamment, découvrant le désordre de sa jupe. Elle voulait suivre Douglas mais fut immédiatement rappelée à l'ordre par son mari dont le regard méprisant la fit se rasseoir, tête baissée après avoir rabattu sa jupe indécente et serré les cuisses pour interdire toute nouvelle curiosité au pied inquisiteur de Douglas. Anthea désigna d'un geste autoritaire son père qui ôta sa calotte et la recoiffa aussitôt.

— Pas toi Doug, pas vous Otan, mais toi Papa qui lui diras comme c'est beau de survivre à toutes les peines du monde.

— Oh, ma tragédienne, ma petite Antigone ! murmura Gregory, émerveillé.

Oswald se leva, chancelant quelques secondes au point qu'Ismaël se précipita pour lui prendre le bras et proposer la canne aussitôt refusée avec humeur. À pas comptés, Oswald marcha vers sa fille et s'appuya sur son épaule, fantôme au visage cireux, flottant dans sa tunique de lin blanc. Avant, oui, juste avant l'attentat, il y avait eu un beau colosse dont seule subsistait l'ombre comme si la bombe l'avait écorché vif pour lui ôter, non sa superbe qui en imposait encore, mais les oripeaux : la domination, l'invincibilité si trompeuse, la séduction. Un léger frisson passa sur son visage devenu lisse comme d'un adolescent, les lèvres remuèrent sans qu'un son en sortît et il frappa trois fois le sol de sa canne :

— Le rideau se lève. La jeunesse flirte avec ELLE... la dame des ténèbres. Moi, je lui ai dit : NON. Anthea, ma fleur, je viens.

— Attends-moi, cria Elleni en repoussant sa chaise.

— Non, Maman.

Gregory saisit le poignet d'Elleni, la forçant à se rasseoir :

— Laisse-les !

— Pourquoi ? Toujours eux ! Est-ce que je n'existe pas aussi ?

Gregory maintenait sa prise, enserrant le poignet d'une Elleni très pâle.

— Il y a des heures, dit-il, où c'est toi qui existes avec Oswald, d'autres où tu existes avec Anthea. Trois est un mauvais chiffre.

La volumineuse cuisinière épirote entrait, portant haut sur un plat d'argent, un porcelet grillé couleur de caramel sur un lit de poivrons rouges, jaunes et verts.

— Niam, niam ! s'exclama Natacha. C'est tout ce que j'adore.

Deux cerises enfoncées dans les orbites donnaient au petit cochon un air très étonné.

— Une charmante tradition. Pour que ce soit meilleur, il faut les énucléer de leur vivant, dit Douglas avec cette affectation de totale insensibilité qui semblait sa meilleure arme dans les situations malaisées.

Horrifiée, Betty se raidit et d'un coup de genou envoya balader le pied qui tentait de se frayer un chemin entre ses cuisses.

— Ce que vous venez de dire, Douglas, est proprement ignoble. Jamais je ne pourrai avaler une bouchée de ce malheureux animal…

Hugo Krug ferma les yeux. Décidément, il ne la supportait plus. Qu'un autre la prît !

— Hugo… parle, dis quelque chose, je t'en prie… Ne me laisse pas seule.

— Remercie-moi plutôt de ne pas parler.

Un instant auparavant, grâce à ce pied indiscret, preuve qu'elle inspirait encore le désir, et pas seulement pour une nuit échevelée dans une chambre d'hôtel, elle avait eu l'avantage, et voilà que son mari l'humiliait férocement devant leurs amis. Les ombres de la révolte, de la vanité blessée passèrent sur son visage. Elle se leva et jeta sa serviette qui renversa un bougeoir. Elleni le remit debout et avec une lame de couteau recueillit la cire brûlante.

— Pardon ! murmura Betty.

— Assieds-toi.

Betty retomba comme une loque sur sa chaise, essuya une larme au coin de l'œil et redressa fièrement la tête.

— Ma femme se donne en spectacle ! soupira Hugo.

— N'est-ce pas pour ça qu'on nous épouse encore ? dit Eugénie Rubnik.

Des verres s'entrechoquèrent et le lustre de Venise se balança légèrement au-dessus de leurs têtes, aussitôt suivis par le long hurlement des réacteurs. Les gros porteurs de bombes regagnaient leurs bases dans les Pouilles.

— Hier, dit Bobibo, le Premier ministre grec a interdit à l'Otan de survoler la Grèce. Il menace de fermer le port de Salonique si les bombardiers se délestent encore dans les eaux territoriales grecques. Ça paraît un minimum. Ils ne doivent déjà pas survoler Venise. À chacun de leurs passages, elle s'enfonce d'un centimètre sous les eaux. En six mois de guerre, Venise ne sera plus qu'une légende comme la ville d'Ys. Le ciel de Florence est aussi exclu depuis que des craquelures se manifestent dans les fresques de Fra Angelico. Cet après-midi, je n'ai pas pu joindre Eltsine, mais sa fille m'a dit qu'elle envoyait un bataillon de parachutistes occuper le terrain d'aviation de Pristina. Les Russes sont très remontés contre l'Otan. Cela dit, rassurez-vous tous : les astrologues du dalaï-lama ne voient pas de guerre mondiale dans la conjoncture astrale. À propos, mon cher Otan — quel prénom dur à porter en ce moment, vos parents doivent s'en mordre les doigts ! — à propos m'autorisez-vous à parler au dalaï-lama de vos saints astronautes ? Les bouddhistes ont été les premiers à explorer les mystères de la désincarnation, de la réincarnation, de l'ubiquité et des voyages mystiques. L'idée l'intéressera. C'est un homme de progrès. Je dois le voir la semaine prochaine à Paris.

Le sentant parti pour une conférence, Elleni l'interrompit avec douceur :

— Bobibo cher, ce serait tellement bien que tu atterrisses.

— Mais... je suis là !

— Alors puisque Oswald tarde, veux-tu, à sa place, découper notre cher petit porcelet ?

Douglas, après avoir en vain essayé de reprendre contact avec le genou de Betty, se pencha vers Pauline :

— Encore une chance que Thomas ne soit pas là. Il a horreur des avions et du cochon grillé à la broche. Poésie oblige. C'est un sensible, un tourmenté. Il s'évanouit pour un rien et j'ai l'impression qu'il est prêt à se suicider pour encore moins.

— Si tous les tourmentés menaçaient de se suicider, vous seriez seul à table ce soir.

— Je ne vois pas une tourmentée en mademoiselle Pirovski. Avez-vous observé son coup de fourchette ? Et hop… son verre ! À peine ralentie par son vieux dentier. Vais-je être seul à survivre avec elle ? Amusant ! Mais pour le sexe, ça risque d'être raté.

Debout, un coin de sa serviette coincé dans son col, Bobibo aiguisait son couteau sur un fusil.

— A-t-il déjà découpé un petit cochon ? demanda Douglas.

— Je ne crois pas, dit Pauline. Est-ce vraiment important ? Il faut bien commencer un jour.

Elle était mauvaise langue : son mari s'en tira fort bien et, avec une adresse de rôtisseur, déposa dans les assiettes tendues par Ismaël les morceaux de porc finement coupés et accompagnés des trois couleurs de poivrons. Betty n'accepta que les poivrons :

— Je suis végétarienne.

Hugo ouvrit des yeux ronds :

— Depuis quand ?

— Ce soir.

— Ciel ! Il ne manque plus que ça !

— Ciel ? Tu as dit « ciel » … Toi, un franc-maçon ?

— Je ne refuserai pas l'épaule, dit Natacha.

Bobibo la servit et resta le couteau en l'air :

— J'ai dû oublier quelqu'un.

— Oui, toi-même, dit sa femme de sa voix la plus sucrée. Alors, cher Hugo, vous êtes vraiment franc-maçon ? Avec un tablier, un compas et ce gros œil qui vous regarde si étonné ? Et vous ne vous êtes pas tordu de rire le jour de votre intronisation ? Renversant !

— Je suis sur le point de quitter ma loge.

Si Betty refusait de goûter au porcelet, c'est qu'elle avait, probablement, mangé du lion.

— Oui, il quitte la maçonnerie, maintenant qu'elle ne lui sert plus à rien. Hugo est un esprit pragmatique… pragmatique, c'est comme ça qu'on dit, n'est-ce pas ?

Personne ne répondit. Sa dame-jeanne couchée sur l'épaule, Ismaël tournait autour de la table et remplissait un verre dès qu'il le voyait vide.

— Elleni, ce cochonnet est une preuve de l'existence de Dieu, dit Otan.

— Il y en a d'autres, dit Natacha sans s'offusquer bien qu'elle affectât en d'autres circonstances une inébranlable foi orthodoxe. Pendant la guerre, les troupes soviétiques avaient dressé des porcelets bardés de dynamite à courir se cacher sous les tanks allemands. Un grand gâchis... je ne parle pas des tanks qui explosaient mais des petits cochons noirs dont il ne restait rien. Les soldats de Staline, qui vivaient de patates et de pain à la farine de bois, trouvaient ça très immoral.

Betty écumait.

— Est-ce que je deviens folle ? Il y a là, dans cette maison, un jeune homme qui va se suicider par amour... Oui, par amour, tu peux ricaner, Hugo, ça ne t'arrivera jamais... et vous êtes tous là à bâfrer et personne ne s'occupe de Thomas, un poète, un grand poète même. Un visage de chérubin...

— Vous le connaissez donc ?

Qui posait la question ? Dans sa colère, elle n'identifia pas cette voix, une voix de femme sûrement qui la vouvoyait et lui tendait un piège dans lequel elle fut trop heureuse de se jeter, enfin libérée de ce qui depuis huit jours la brûlait :

— Oui, je le connais... J'ai même couché avec lui il y a quelques jours et avec monsieur aussi.

Du doigt elle désigna Douglas qui releva la tête et sourit à la ronde :

— Oui, mais pas en même temps, précisa-t-il. Après, juste après.

— Quelle pauvreté d'imagination ! dit Hugo, très pâle. Les scènes de ménage sont tellement ennuyeuses... On ne joue plus Bernstein, ma chère Betty. Et vous Elleni, pardonnez-nous, c'est du morne théâtre bourgeois.

D'un trait, la main tremblante, il vida son verre et le reposa si nerveusement sur la table qu'il le cassa.

— Encore pardon, Elleni.

Il chiffonna sa serviette et la jeta sur la table.

— Hugo, vous restez avec nous.

Natacha était la reine de ces moments pénibles :

— Vous remarquerez, dit-elle, comme nous sommes bien élevés ! Il n'y a pas eu un seul crétin, ni une seule crétine pour dire que casser un verre de cristal porte bonheur. Gregory et moi, nous avons partagé le genre humain en deux catégories : ceux qui quand on débouche une bouteille de champagne disent : « Quel bruit sympathique ! » et ceux qui ne disent rien. Je vous laisse deviner qui sont les infréquentables.

— Tout le genre humain ne boit pas du champagne, fit aimablement observer Bobibo.

Hugo repoussa sa chaise et se leva :

— Betty, nous ne pouvons pas rester.

— Pourquoi ?

— Tous se foutent de nous.

— Ils ont bien raison.

— Alors, par pure décence, par pure décence…

— Toi parler de décence ! Non, mais je rêve… Tu couches avec toutes tes étudiantes.

— Pas toutes.

— Je n'ai jamais vu de pièces de Bernstein, dit Douglas en levant les yeux au plafond, mais la petite scène que nous venons d'écouter est tout à fait du Pinter. Enfin… le Pinter du pauvre.

On avait peu entendu Eugénie Rubnik à part quelques mots de convenance et surtout sa vigoureuse façon de siffler dans deux doigts pour apaiser la détresse de son chien. Sa nature la désavantageait. Une tête de plus que son mari est un sérieux handicap pour une femme, d'autant qu'elle était aussi… soyons bien élevés… forte et lui plutôt étroit d'épaules, l'estomac ballonné, une voix de basse qui imposait le silence dans les farfelus colloques de science-fiction auxquels il se laissait inviter. On juge trop vite, et Eugénie, prise dans le jeu de son mari, surprenait quand sa voix se mêlait aux autres voix, d'abord sourde, puis glapissante si elle s'emballait. La rumeur — cette rumeur qui accompagne les écrivains prolifiques du second rayon — la rumeur la prétendait le « nègre » des romans policiers que Rubnik signait d'un pseudonyme transparent (« Kinbur »), le pactole de leur vie d'exilés. On le chuchotait sans rien en savoir et quelques exégètes de ce genre littéraire donnaient pour preuves que, dans son égotisme lyrique, Otan se serait mis en scène tout autrement que le héros à répétition de ses noires fictions, héros qu'il n'épargnait guère et montrait sous un fort vilain jour. Seule une épouse attentive, inspirée par son mari, pouvait en dresser un portrait aussi cruel et vindicatif. La réserve d'Eugénie lors de ce dîner ne relevait pas du mépris ou de la timidité, mais de sa conscience qu'à certains moments il est plus intéressant d'écouter que d'intervenir et, sans doute, déjà, dans sa tête se dessinaient les scènes d'un de ses romans où l'annonce d'un banquet de surhommes se métamorphoserait en règlement de comptes.

— Est-ce que je n'aurais pas été initiée ? dit-elle impétueusement. On ne m'a pas mise dans le coup. Vous jouez tous la comédie sauf Bobibo et Otan qui ont trop de plaisir à s'épater l'un l'autre, et moi qui suis l'innocence même. Un joli garçon menace de se suicider et vous vous empiffrez de cochon, vous buvez à plus soif, vous déballez votre linge sale, et moi, moi Eugénie Rubnik, je suis là sur les travées à tout entendre sans comprendre si vous vous foutez de moi, si vous vous foutez les uns des autres ou même, comme ce petit con de Douglas, si vous ne vous foutez pas de tout. Il y a encore une possibilité : c'est que Thomas n'ait jamais existé, que c'est un coup monté et qu'il n'a jamais passé une nuit au Grande-Bretagne, chambre 316, n'est-ce pas, Doug ?

— Le numéro de la chambre est exact.

— Merci. Donc, Thomas n'existe pas et nous serons douze à table. Très rassurant, n'est-ce pas ? Plus personne n'a besoin de s'immoler par superstition, à condition toutefois que Marcello, débarquant de son *Wild Flower*, n'arrive pas sur la terrasse et nous surprenne de sa voix de vieille fille sodomisée : « C'est moi ! » Au choix ! Où est la vérité ?

Douglas porta l'index à son front :

— Immense problème ! Pinter contre Pirandello ? Le beau match ! Je ne m'attendais pas à pareille soirée. Je parie pour un match nul.

Eugénie haussa les épaules et vida son verre d'un trait, jouissant à l'idée de leur avoir, ne fût-ce qu'un instant, volé la vedette. Les deux mains aux tempes, elle ébouriffa sa chevelure de feu.

— J'en reprendrais bien, dit Natacha en tendant son assiette à Bobibo.

Sensible au talent de Natacha qui, soit par une incongruité, soit par l'expression d'une soif incontrôlée ou d'un appétit trivial, arrêtait une conversation sur la pente du risque, Elleni, si peu présente jusque-là, occupée surtout de surveiller les mouvements de la cuisinière épirote et d'Ismaël tournant autour de la table, la dame-jeanne sur l'épaule comme un soldat son fusil, son œil unique fixé sur les verres, Elleni se tourna vers Douglas :

— Mon petit Doug, je m'étonne que vous ne vous soyez pas précipité pour voir ce que devient votre camarade.

Douglas bondit de sa chaise :

— Madame, j'ai failli, mais j'ai égaré une chaussure. Avec une seule chaussure, je perds de ma crédibilité essentielle pour parler de l'âme avec mon cher Thomas.

— En ce cas, mon garçon, abandonnez la chaussure qui vous reste. Nous sommes en Grèce, vous pouvez parler de l'âme, les pieds nus. C'est même recommandé.

Douglas se plia en deux devant Elleni :

— Je reviendrai si toutefois Thomas ne prétend pas que j'ai triché aux cartes pour garder Anthea à moi seul. Auquel cas, ce serait à moi de me suicider. La sculpture y perdra ce que la poésie y gagnera.

— Ce garçon, dit Pauline quand il fut parti, est un intéressant cas d'asymétrie de structure. Il a deux profils et un nez autoritaire qui sert de frontière entre eux. La paupière droite se lève plus aisément que la paupière gauche, la lèvre inférieure est plus gourmande que la lèvre supérieure. Le front large est précocement ridé, signe d'une volonté féroce de ne se laisser abuser par rien, de tout railler, y compris ses propres dons artistiques. Son agressivité est la marque d'un homme qui n'aura jamais confiance en soi et insultera ceux qui, naïvement juge-t-il, lui trouvent du talent, du charme, de l'esprit, de la séduction. En somme, il voudrait être détesté, alors seulement, il s'estimera supérieur, hors du commun dans un monde de médiocres et de faiseurs. Ses mains sont du type conique ou artistique, annonçant un sens particulier de la conversation spirituelle, voire choquante. Les individus qui présentent ces caractéristiques — doigts étirés allant en s'amincissant, assez ovales aux extrémités — sont d'une rare sensibilité à la beauté sous toutes ses formes. On peut aussi en inférer que c'est un amant qui préfère donner du plaisir que d'en prendre égoïstement. En amour, il retient l'explosion de son spasme pour couronner celui de sa partenaire. En Inde, les tantristes prolongent cette tension pendant des heures, voire des jours sans perdre une seconde leur concentration.

Le cou raide, sa belle voix de contralto scandant un discours sentencieux comme si elle s'adressait à d'innocents analphabètes, Pauline promena un regard interrogateur sur la tablée, s'abstenant toutefois de poser le fatal « pas de questions ? » qui rencontre ou le silence ou un flot d'interrogations imbéciles. Encouragé par ce regard et, plus encore, libéré de son quant-à-soi professoral par les aveux inattendus de sa femme, Hugo, d'une voix qu'il voulait ironique, s'adressait à Betty :

— La seule personne ici présente, du moins je le présume, qui pourrait nous confirmer les talents particuliers de « monsieur » Douglas est mon épouse. N'est-ce pas, ma chère ?

Dans la seconde, il s'en voulut du « monsieur Douglas » qui, au lieu d'être insultant, risquait d'être pris pour une politesse exagérée à l'égard d'un homme que, dans son for intérieur, il brûlait d'envie d'écraser. Trop tard ! Betty ne comprit pas la nuance.

— Tu peux l'appeler Doug comme nous tous. Ce n'est pas parce qu'il est le fils d'un *sir* que tu dois lui donner du « monsieur ». Eh bien oui, il est génial ! Génial au lit !

Hugo rougit et pinça les lèvres :

— Tu ne réponds pas à ma question.

— Comment ? Je viens de te dire qu'il est génial…

— Génial ! Gardons le génie pour l'art, la poésie, la philosophie, mais pas pour le sexe.

— Bon, d'accord… monsieur le laclos-sadien : disons qu'il a un beau brin de talent.

— Je suppose que tu lui as fait passer un sérieux examen.

— Oui, il a passé l'oral avant l'écrit.

Elle pouffa, étonnée de sa propre audace, et reprit :

— Très sérieux, l'examen, sauf que, plusieurs fois, nous n'avons pas pu nous empêcher de rire, ce qui ne m'est jamais arrivé avec toi.

Inquiète à l'idée que l'acide échange de confidences finirait par de la vaisselle cassée, Elleni leva la main :

— Je propose un armistice.

Tirée d'une difficile opération consistant à ne pas laisser un gramme de chair sur la cuisse du porcelet, Natacha frappa la table avec le manche de son couteau :

— Pas d'armistice ! À Canossa, à Canossa, les bombardeurs. Otan, prête-moi ton couteau, le mien ne coupe rien.

Bobibo n'en pouvait plus de se taire :

— Pauline est d'une modestie antique. Les chefs d'entreprise du monde entier, les chefs d'État, le Pentagone lui offrent des ponts d'or pour une seule consultation, et elle refuse. Clinton voulait lui envoyer un jet privé pour qu'elle donne son avis sur la morphopsychologie du général

Clark avant de lui confier le poste de chef d'état-major général. Pauline a dit non.

— J'ai quand même cédé, corrigea Pauline, modeste. J'ai demandé une photo. Pas une photo d'artiste, un photomaton. Ça ne ment pas.

— Et alors ? dit Hugo, assez soulagé que la conversation déviât.

Bobibo tendit son verre vide à Ismaël et se tourna vers Pauline :

— Ton jugement, ma chère femme…

— Clark ? Un rétracté latéral extrême, doctrinaire, risque-tout, comptant la vie de ses hommes pour rien, méticuleux dans les détails mais incapable de s'élever au-dessus et de mesurer les conséquences de ses ordres.

— Entendez-vous, amis ? On croirait du Saint-Simon.

L'admiration de Bobibo pour tout ce que disait sa femme ouvrit une rapide rêverie que Natacha, exceptionnellement, ne brisa pas.

— Je n'en ai guère lu qu'un ou deux, dans le train, finit par dire Hugo. Je me souviens d'un commissaire de police qui fumait la pipe et fantasmait autour du pot-au-feu que préparait sa femme. Dehors, la pluie tombait pendant deux cents pages. Je serais bien incapable de comparer son style à la parole de Pauline.

Même en faisant la grâce à Hugo d'avoir mal

entendu, il est certain qu'en dehors de ses chers Sade et Laclos, il ne s'intéressait à rien, si l'on excepte la détestation de sa femme et les quelques aventures avec les étudiantes de ses cours. Betty pouffa dans sa serviette et dut, les larmes aux yeux, boire un verre d'eau pour reprendre sa respiration. De discrets sourires passèrent de lèvres en lèvres. Le tact l'emporta. Hugo comprit tout de même qu'il avait longé un précipice sans le voir et devait son salut à la courtoisie de ses amis. Furieux, il allait s'en prendre à Betty quand l'Épirote poussa de ces cris que l'on dit d'orfraie, bien que nul n'ait entendu d'orfraie dans sa vie. Brandissant une serviette, Ismaël poursuivait de moulinets un objet volant infâme, une boule de plumes aveuglée par la lumière, qui tournoya au-dessus de la table, donna de la tête dans un grand miroir vénitien au-dessus de la desserte, puis dans un des vantaux de la baie avant de trouver la sortie et de disparaître aspirée par le ciel noir, abandonnant une nauséeuse odeur de moisissure et de charogne. Dans sa peur, la chouette avait conchié le miroir, dessinant un baveux point d'exclamation aux traînées jaunes et verdâtres. Des plumes de duvet voletèrent au-dessus des chandeliers. Une plume se noya dans le verre d'Hugo. Ismaël revint, la tête haute, fier d'avoir chassé l'intruse, attendant quelque félicitation d'Elleni mais celle-ci prise d'un malaise se serait effondrée dans son assiette si Betty ne s'était précipitée pour l'enlacer et serrer sa joue contre sa joue.

— Ce n'est rien, mon amie. Juste une chouette qui a eu très peur.

De ce « mon amie » émanait une tendresse si spontanée, si chaleureuse qu'Elleni écarta Betty comme elle aurait fait d'une inconnue, mais c'était pour mieux la voir et la ramener aussitôt contre elle en l'embrassant avec une telle fougue qu'elles éclatèrent de rire ensemble.

— Je suis stupide, dit Elleni. En Grèce, s'il y a des héroïnes, il y a aussi, et encore plus, des femmes qui ont peur de tout, de la mer, du tonnerre, des chiens, des chats, des araignées et de l'ŒIL, du mauvais ŒIL...

— Moi, j'ai seulement eu peur. C'est ma première chouette. Vraiment elle pue...

Hugo tendit avec dégoût son verre à Ismaël au moment où l'on s'aperçut que la cuisinière épirote enroulée dans un rideau sortait de sa cachette, sa grosse tête couleur de papier d'Arménie, aux cheveux frisés, à la denture aurifiée.

— Elle est partie ? C'est mauvais, madame Elleni, très mauvais !

— Tais-toi, idiote !

Ismaël rassura la pauvre femme qui reprit sa place près de la desserte aussi tremblotante que les œufs à la neige dans leur large coupe de faïence skyrianote.

— Il est sûrement arrivé quelque chose à Oswald, dit Elleni, la voix blanche.

Eugénie la prit par la taille :

— Je t'accompagne. Par curiosité. Le mauvais œil, c'est de la foutaise.

Et Eugénie entraîna Elleni en la prenant par la main. Ismaël, armé d'un torchon, nettoyait le miroir outragé et, ne parvenant qu'à étaler la fiente, l'aspergea avec l'eau d'une carafe. Le point d'exclamation s'écoula lentement sur la desserte à la fureur de l'Épirote qui sauva la pile d'assiettes comme un trésor.

— Il est exact, dit Otan après le départ de sa femme et d'Elleni, que l'*Athene noctua* très répandue dans le sud de l'Europe — encore qu'on en ait vu d'égarées, fort rares, en Irlande et en Écosse — que l'*Athene noctua* — c'est son nom scientifique — passe pour un porte-malheur depuis l'époque de la Grèce chrétienne. À l'époque de la Grèce classique, elle symbolisait la Sagesse. Athéna la portait sur son épaule ou son poing fermé. La chouette prenait ses repas en compagnie des dieux, assistait à leurs conciles, servait de messagère entre l'Olympe et la Grèce. Tristement, comme tous les ploutocrates au pouvoir, les dieux ont perdu pied avec le réel. Au lieu d'honorer leur rang, ils ont sombré dans la débauche. Alourdis par de continuelles agapes de viande grillée et de confiture de rose qui faisaient monter leur taux de cholestérol, abrutis par une consommation excessive de nectar — je crois que c'était du vin de Nemea, très lourd et trop doux — ils se sont livrés aux pires excès, délaissant leurs épouses légitimes et couchant avec des mortelles sans prendre d'élémentaires précautions d'hygiène. Pis même, pour satisfaire impunément leurs passions, ils quittaient les habits des dieux pour séduire des créatures, se costumaient en bergers, en mendiants, ou même se métamorphosaient en animaux, en cygnes ou en taureaux. Le peuple l'a su — on dit, dans les milieux bien informés, que les épouses bafouées ont été pour beaucoup dans la rébellion — et a détrôné les dieux qui ont dû s'exiler au firmament pour échapper à sa colère. Ils n'ont pas invité la vertueuse, sobre et fidèle chouette à les suivre dans leur relégation. C'est le moment où les chrétiens sont arrivés, porteurs d'amour, de paix et de charité. La chouette a cru qu'elle pourrait les aider et leur transmettre le trésor de sa Sagesse immémoriale. Pas de chance ! Les chrétiens avaient déjà leur oiseau emblématique : la blanche colombe. Exilée dans les bois et les ruines, la chouette chevêche en a conçu une immense amertume.

Puisqu'on ne voulait pas de sa Sagesse, on aurait sa Terreur. Finies les poses hiératiques au fronton des temples et dans les mosaïques. Elle a cessé de se laver, changé son système biologique et ferme, désormais, depuis deux mille ans, les yeux à l'annonce du jour, ne les rouvre qu'après le coucher du soleil. Elle déteste même le clair de lune qu'elle insulte de son cri de guerre : « Coû-coû »...

Il imitait si bien ce « coû-coû » qu'Hugo rit bruyamment, trop bruyamment peut-être pour que ce rire fût sincère. Les discours d'Otan le déroutaient facilement d'abord parce qu'ils étaient historiquement ou scientifiquement farfelus, ensuite par pure jalousie. Depuis l'École normale, il classait Otan parmi les charlatans de ce siècle, les marchands d'opium du peuple, les bonimenteurs du capitalisme international.

— Tu ris, ô sceptique Hugo, reprit Otan après une brève interruption respiratoire, mais il n'est pas besoin d'être ornithologue pour savoir que les oiseaux ont une horloge sensorielle dans les yeux, une sorte de rhéostat qui règle leur comportement. La chouette vivait dans la lumière des dieux et a juré qu'on ne l'y reprendrait plus. Elle a choisi la nuit une fois pour toutes. Approchant de la terrasse où nous étions occupés à boire comme d'heureux humains, aveuglée par la lumière électrique, notre chouette égarée a cru au retour des dieux auxquels elle reste si attachée malgré ou à cause de leur ingratitude. En nous identifiant, elle a paniqué à moins qu'elle n'ait voulu nous attaquer parce que nous transgressions la loi du jour et de la nuit. La mauvaise humeur de la chouette tient aussi à ce qu'on ne lui a pas attribué d'étoile comme au bélier et à l'ours, que, chaque nuit, contemplant la voûte céleste — pardon de ce cliché, mais je ne vois pas d'autre expression plus exacte — elle aperçoit les anciens dieux, ses amis, glorieusement installés loin des Terriens qui les ont chassés de l'Olympe et poussés à la retraite : Zeus, Hermès, Aphrodite, Cérès, etc. Vous comprenez sa rancœur et pourquoi elle a maculé le miroir qui reflétait sa pouillerie et son désordre. Garde, cher et sceptique Hugo, la petite plume gris et beige que le Destin t'offre, bien que tu sois un mécréant.

— Dommage qu'elle empeste autant, dit Natacha. Même si elle n'est plus sacrée, votre chouette pourrait prendre un bain.

De son corsage, elle tira une chaînette en argent à laquelle pendaient une croix orthodoxe et une chouette en ivoire :

— On l'appelle la chouette de l'Oural. Elle porte bonheur. Quand elle chantait, les prisonniers des goulags staliniens savaient que l'un d'eux serait « libéré » le lendemain à l'aube. Libéré veut naturellement dire « exécuté » comme vous le savez, la fin du supplice.

En colère, Hugo parlait sans paraître remuer ses lèvres :

— Je suppose que la légende de cette chouette remonte au moins à Ivan le Terrible et descend jusqu'à Nicolas II.

Gregory s'épanouit. Depuis le début de la soirée, il attendait la reprise de leurs querelles homériques.

— Parce qu'après il n'y a plus eu de camps de la mort ?

— Il y a eu des camps, je l'admets, mais c'était des camps de rééducation. J'espère que vous saisissez la nuance ?

— Je la saisis, je la saisis ! s'écria Gregory, aux anges. Vous savez qu'on va vous mettre dans un musée. Il n'y en a plus guère comme vous.

— Mon pauvre Gregory... vous traînez encore derrière vous comme un boulet une Russie mythique dont, vu votre âge, vous n'avez même pas connu le paradis puisque vous êtes né à Paris...

Pauline souffrait d'une vocation rentrée de « moderator » dont l'usage, venu d'Amérique, se répandait en Europe dans les congrès ou autres réjouissances et empêchait savamment toute discussion de tourner au vinaigre ou même d'aboutir à quoi que ce fût de sensé. À ces occasions son buste se redressait, lui donnant un semblant de poitrine, son long cou se dépliait comme d'un cygne avec d'autant plus d'altière hauteur qu'elle coupait court ses cheveux soigneusement plaqués, libérant la nuque toujours rasée de frais à la manière d'un conscrit, et ainsi, droite comme un totem, dominant son auditoire, de sa belle voix *a capella* elle retirait la parole aux filandreux ou la donnait aux plus réservés. En l'absence prolongée d'Oswald et d'Elleni, Pauline s'inventait juge *in partibus* de ce qui se dit ou se tait avant que les algarades tournent à la bataille rangée, mais ce fut Betty qui, par un coup de génie pourtant peu dans sa nature, mit fin à la sempiternelle passe d'armes entre Gregory et Hugo :

— Comment dit-on champagne en albanais ?

— C'est urgent ? s'enquit Bobibo, inquiet.

— Urgentissime.

— Je parie que c'est quelque chose comme « sampaign' », proposa Natacha, la langue déjà pâteuse. Et pourquoi ma belle ?

— J'ai envie de fêter ça !

— Je fêterai tout avec toi, mais quoi ?

— Ma libération, dit Betty. Depuis vingt ans, Hugo me persuade que je suis une idiote. Il me force à parler comme une idiote, à épouser ses idées rasoir. À part les étés ici, je ne vois à Paris que ses amis tous encore plus constipés que lui. Et puis d'un coup, il y a huit jours, un avion en retard m'a envoyée dans une chambre, la 316 au Grande-Bretagne, et ce soir, en revoyant Doug, j'ai compris ! Je veux fêter ça au champagne.

Ils la regardaient sans la reconnaître, étonnés ne serait pas le mot, ni même « ébahis » tant cette déclaration, aussi passionnée qu'inattendue, bouleversait les idées peu favorables que l'on nourrissait sur Betty. Elle retirait brusquement un voile et découvrait son visage rosi d'émotion, encore puérilement incrédule d'avoir osé, à peine le temps d'un dîner avec des étrangers, remettre en jeu sa vie de femme et d'épouse, d'humilier Hugo devant ceux qu'il estimait être des béotiens. Et non seulement elle apparaissait sous un jour inattendu mais, comme dans un jeu de balance où on ne s'élève qu'en abaissant l'autre, voilà que son mari, sommité aux yeux sinon de beaucoup du moins de certains de ses pairs, voilà qu'Hugo descendait d'un piédestal en haut duquel il avait cru régner sans partage. La chute donnait le vertige. Un aviateur aurait parlé de trou d'air. Hugo ne retrouvait pas sa respiration. Il dut se lever, murmurer un « pardonnez-moi, j'ai besoin d'espace » et se diriger en automate vers la terrasse où il alluma une cigarette et, les mains dans les poches, jambes écartées, resta planté, tournant le dos aux dîneurs, tête levée montrant bien qu'il s'isolait d'eux pour se perdre dans les infinis et jouir du pur bonheur de fumer en contemplant les étoiles.

— Mon Dieu, qu'est-ce que j'ai pas dit ! soupira Betty.

— Fêtons cette seconde naissance de la fille du recteur ! dit Natacha. Betty, tu as des idées de génie depuis ta nuit dans la chambre 316.

Pauline protesta poliment :

— Nous ne pouvons quand même pas ! Attendons Elleni et Oswald.

— Non ! Du champagne tout de suite ! s'écria Natacha en tapant du plat de la main sur la table.

Et d'appeler, d'un geste souverain, Ismaël qui avait déjà compris et revenait avec un seau à glace et un magnum au col élégamment incliné.

— Hugo nous manque. Vous devriez aller le chercher, suggéra prudemment Otan.

— Le pauvre ! dit sincèrement Betty. Je l'ai peut-être blessé… J'y vais.

Gregory déshabilla délicatement la tête du magnum et recueillit dans sa paume le bouchon qu'il huma extasié. Betty revenait les bras écartés, désolée peut-être.

— Il descend rejoindre les autres. J'espère qu'il se conduira en gentleman avec Doug. Il est devenu imprévisible.

— *Il uomo e mobile*, chantonna Bobibo.

— Mon cher mari, tu chantes faux. C'est *« la dona e mobile »* et, dans ce cas, c'est vrai : *« il uomo e mobile »*. Répète.

— *Il uomo e mobile.*

— Pas trop mal. Et vous, Gregory ?

— *Il uomo e mobile…*

— Bien ! Maintenant en chœur…

Après quelques essais lamentables, Pauline les interrompit, Ismaël remplit les flûtes et l'Épirote, qui commençait à les prendre pour des fous, les contemplait la bouche ouverte.

— Rue d'Ulm, dit Otan la voix enrouée par le bel canto et toujours ému aux larmes quand il évoquait ces années de sa vie, rue d'Ulm Hugo bûchait comme un fou et ne sortait que pour les cours. Deux ou trois fois, nous l'avons tout de même surpris au café du Panthéon à huit heures du matin buvant un café arrosé servi par Solange que nous pelotions tous, qui portait des bas noirs, un nœud rouge dans les cheveux et nous rudoyait avec l'accent aveyronnais. Elle avait des poils frisés sur les phalanges de ses mains crevassées par les détergents. On disait qu'elle sentait fort la sueur du peuple. Hugo en a été amoureux jusqu'à l'agrégation. Après, il ne lui a plus adressé la parole.

— Je la lui rappellerai ! jura Betty au comble de l'excitation et levant la main comme dans un défilé fasciste.

— Portons un toast à Solange, dit Otan. Qui sait ce qu'est devenue cette créature de braise, qui sait si elle n'a pas épilé les poils de ses phalanges, épousé, peut-être, un professeur de lettres au plat pays, destiné à devenir un ministre socialiste ou si elle a préféré un bistrotier de Rodez pour lequel, dans une minable cuisine de poche grande comme un mouchoir, elle enduit de margarine des sandwichs infects destinés aux ouvriers et mitonne un bœuf miroton pour son Jules, à moins que ce ne soit une de ces têtes de veau vinaigrette si à la mode pendant les campagnes électorales françaises. La plonge conduit à tout à condition d'en sortir.

Il leva sa flûte de champagne et ils communièrent dans un même émoi au souvenir de cette fille du peuple courageuse et pratique.

Bobibo inclina la tête, le front lourd de pensées :

— Je doute que nous ayons le droit de nous attendrir inconsidérément sur le passé. Dès que ses témoins s'éloignent, le passé n'est plus qu'un exercice onirique. A-t-il jamais eu lieu ? Ainsi cette Solange à laquelle Otan n'accordait pas une pensée depuis trente ans et que la rencontre avec Hugo tire des limbes où elle retournera dès que nous cesserons de l'évoquer, ainsi cette Solange n'a-t-elle peut-être même jamais existé. Très souvent le désordre de la mémoire est tel que nous ne savons plus si nous inventons un personnage ou si c'est une agréable réminiscence. Par exemple… par exemple…

Il s'arrêta, saisit son front entre ses mains à l'image du penseur aux prises avec la mémoire et cherchant le lien entre deux concepts si opposés qu'ils se confondront seulement au point de jonction de l'infini. À qui en appeler quand le doute s'installe ? Pauline, oui Pauline, mais, malgré sa relative indifférence, elle avait depuis longtemps effacé la frontière qui sépare le vrai et le faux dans la parole de Bobibo comme dans la parole de tous les hommes et, quand elle ignorait la réponse, elle se drapait dans des propos sibyllins auxquels ses intonations distinguées prêtaient une douteuse profondeur :

— … la mélancolie est un état d'âme essentiellement masculin. Quand les femmes souffrent d'un remords et s'adonnent à la mélancolie, elles sombrent aussitôt dans le ridicule. Les femmes sont faites pour la douleur et rien d'autre.

Natacha montra son verre vide à Ismaël qui accourut à sa façon — des petits pas dansants —

signe indubitable qu'il était allé siffler quelques fonds de bouteilles derrière le décor pendant une minute d'inattention des invités. Gregory tenta de modérer sa sœur :

— C'est mauvais pour ton genou !

— Tu n'as pas entendu Pauline ? Je suis du bois dont on fait la douleur. Pourquoi avons-nous des genoux ?

— Bonne question, dit Gregory, heureux à son tour de briser des considérations aussi vagues sur l'imagination et la mémoire.

Otan et Bobibo n'allaient pas facilement se laisser voler la parole. Qu'est-ce qu'un genou, même natachéen, en comparaison d'une créature dont on ne sait plus si elle avait vraiment des phalanges poilues, des cernes de sueur sous les bras, un nœud rouge dans les cheveux, des bas noirs et si elle a vraiment rincé des verres derrière le comptoir du café du Panthéon ? Peu de choses en vérité, mais le réel est un empêcheur de danser en rond. Il corromprait tout si le sommeil ou les artifices de l'alcool, l'excitation d'une compagnie farfelue ne le refoulaient pas dans le vaste débarras, bourré à craquer, des incertitudes capitales.

— Mon cher Otan, dit Bobibo, s'il n'y a eu de Solange que dans votre fertile imagination, n'est-ce pas plus beau ? Je ne lis jamais vos livres de science-fiction. Les voyages sur notre planète me suffisent bien. Un déjeuner en tête à tête avec Fidel Castro m'amuserait plus que vos Martiens ou Vénusiens à la voix de vieille mécanique rouillée, aux yeux pédonculés.

— Pédonculés ? interrogea Betty, la main sur la bouche comme pour étouffer un gros mot.

— Tu me voles ma question ! se plaignit Natacha, grande spécialiste des malentendus et regrettant de n'avoir pu placer le sien avec autant de malice ingénue que Betty.

Mais Betty gardait-elle encore de l'ingénuité depuis la révélation de sa nuit dans la chambre 316 ? D'un geste de la main qui tenait sa flûte dont le champagne s'éparpilla en gouttelettes roses sur la nappe, Otan balaya les trivialités de Mme Krug et revint à Bobibo :

— Je me réjouis de vous entendre évoquer Fidel Castro. Si moi je me balade impunément dans le futur, vous, vous vous baladez parmi les dinosaures.

— Mon cher, c'est la fragilité même de Fidel qui m'intéresse. Il est à la merci d'une levée de l'embargo sur Cuba. Que les États-Unis ouvrent le barrage et Fidel est emporté par un torrent de Coca-Cola, de McDo, de musique rap, de cocaïne et de préservatifs usagés. J'en parle souvent avec lui. Il est parfaitement convaincu et ne cédera pas. Maintenant moins que jamais. Et pas plus que Saddam Hussein qui doit prestige et pouvoir aux sanctions. Lèverait-on les sanctions que le pauvre Hussein disparaîtrait aussitôt dans une trappe.

— Avec sa dame ? osa Natacha que ce genre de conversation ennuyait à mourir et qui aimait passer pour une idiote dans l'espoir de remporter, à la réplique suivante, une cinglante revanche.

Il n'y eut ni rire ni haussement d'épaule au bénin jeu de mots de Natacha, mais une Betty, les mains jointes, le visage rosi de bonheur, s'exclama :

— Doug est revenu !

Il se tenait sur le seuil de la terrasse, peut-être depuis un moment, écoutait ou observait en silence, élégamment appuyé d'une main au montant de la baie, une jambe désinvolte en équerre, la tête rentrée dans les épaules pour bien faire valoir sa haute taille sous le cintre.

— Alors ? questionna Pauline.

— Rien. Je me suis perdu dans la maison. Heureusement une porte entrouverte donnait sur un boudoir où marchait une télévision. Ça tombait à pic : le dernier quart d'heure de Manchester United contre Liverpool : deux à zéro. Les deux par Beckham.

Il écarta les pans de son gilet et bomba le torse sur le T-shirt de son club.

— Et votre jeune ami suicidaire ? s'enquit Pauline d'un ton pincé.

— J'imagine qu'on s'en occupe mieux que je ne saurais le faire. Vous vous en doutez, je ne suis pas quelqu'un de très convaincant.

Betty trépignait, incapable de cacher son excitation :

— Doug, venez vous asseoir. Otan et Bobibo sont passionnants. J'en apprends des choses ! Mon mari…

— Vous voulez dire « Hugo », corrigea Pauline.

— Bien oui : Hugo est mon mari !

— Naturellement, ma chère, continuez…

— Hugo, étudiant, a été amoureux d'une rinceuse de vaisselle dans un bistrot albanais. Elle portait un nœud noir dans les cheveux et des bas rouges. Il l'aimait et ne le lui a jamais avoué.

Gregory crut nécessaire de rectifier certains détails de ce beau roman d'amour entre une bergère et un prince de la critique universitaire :

— Un nœud rouge et des bas noirs dans un bistrot tenu par un Aveyronnais, mais personne n'en est sûr. Cette Solange n'a peut-être même pas existé. Bobibo a émis des doutes.

— Passionnant ! dit le jeune homme venu s'asseoir et posant une main de propriétaire sur la cuisse de Betty. Oui, passionnant et, puisque nous en sommes aux mystères, quelqu'un m'expliquera-t-il Marcello ? Il a été mentionné deux fois déjà ce soir, brièvement, et Oswald paraissait espérer sa venue. Depuis notre arrivée à Corfou, nous n'entendons, Thomas et moi, que parler de lui et de son yacht.

Il appartenait à Bobibo de provoquer la diversion qui effacerait le léger trouble occasionné par la mention du nom de Marcello :

— Il me semble que nous avons poursuivi le dîner sans attendre le retour d'Oswald et d'Elleni. Leur absence devient inquiétante. L'un de nous ne devrait-il pas aller voir où ils en sont de leur sermon contre le suicide ?

— Ils sont déjà un peu trop autour de lui, dit Pauline. N'ajoutons pas à la confusion pour nous donner bonne conscience. Et puis à quoi ça servirait-il si le jeune Bernard s'est déjà donné la mort ?

— Pas Bernard, corrigea Otan. Thomas. Eugénie a beaucoup d'autorité dans ce genre de problème. Le mieux est de la laisser faire. Ne nous laissons pas accabler par de vaines responsabilités. Nous serons mieux sur la terrasse à les attendre. Ces nuits de printemps sont les plus belles de l'année, le moment où elles n'ont pas encore tout cédé au jour. Jeune homme, vous avez à peine dîné. Emparez-vous d'une assiette avec quelques gâteries, c'est de votre âge. Ismaël, mon ami, porte nos verres sur la terrasse.

Debout, il offrit son bras à Natacha déjà pas mal embrumée.

— Parfait ! s'exclama Douglas. Enfin une nuit sans lune… J'exècre la lune. C'est le satellite le plus bête de l'univers. Et d'un commun en plus ! Une banlieue pauvre de la Terre. Les poètes en ont abusé à mort. Il n'en reste plus que des clichés. Triste Musset ! « Et c'est dans la nuit brune — Sur son clocher jauni — La lune — Comme un point sur un i. » La nuit n'est jamais brune, les clochers ne jaunissent pas et les points sur les i, ça fait terriblement pion.

— Vous êtes bien savant pour votre âge, dit Pauline.

— Oh, très peu, madame. J'emprunte à Thomas qui ne décolère pas quand il rencontre la lune dans un poème. Il m'a immunisé à jamais contre les niaiseries des clairs de lune.

Comme le « lou ravi » des santons provençaux dans la crèche, Betty contemplait avec extase Douglas qui, le bras passé autour de ses épaules, de sa main pendante lui titillait le sein pointant sous le chemisier légèrement dégrafé.

— Moi aussi, je hais la lune ! s'écria-t-elle dans un élan d'enthousiasme, découvrant dans le secret d'elle-même des passions insoupçonnées que son Hugo ne lui aurait jamais soufflées.

Otan concéda qu'en effet la lune est un satellite inintéressant : il y fait glacial, il n'y a rien à voir que de la poussière, des cailloux, la balle de golf jouée par Neil Armstrong au premier voyage et un boulet marqué de la faucille et du marteau lancé par les Russes. La curiosité des hommes ne peut pas être excitée par une si proche planète. Cela dit, depuis la Création, la lune joue un rôle indiscutable dans la vie des hommes et, en particulier, dans la vie des femmes comme dans le rythme des marées. À l'origine, les peuples comptaient en années lunaires, mais le calendrier solaire présente l'avantage de nous vieillir moins vite : exactement de 6 jours, 2 heures, 12 minutes et 4 secondes par an. Sur les voyages interstellaires, avec les moyens encore dérisoires que nous possédons, ce ne serait qu'un avantage bien minime...

Personne ne l'écoutait plus sans qu'il parût s'en soucier. Eugénie n'était pas là pour l'interrompre, mais une heureuse coïncidence voulut que son chien se mît à hurler à la mort avec un tel désespoir qu'Otan s'arrêta net, tenta de siffler dans ses doigts comme sa femme, n'y parvint pas et cria désespérément : « Nabu, ta gueule ! » sans effet aucun.

— Pourquoi, cher Otan, n'avez-vous pas plutôt un chat ?

— Parce que, ma chère Pauline, comme l'a si finement remarqué Paul Morand, les chats ne disent jamais bonjour, que rôtis à la broche, comme c'est le cas dans certains pays d'Orient, ils ont goût de lapin et que je n'aime pas le lapin.

— Vous me laissez coite !

Le chien hurlait toujours désespérément.

— Il n'écoute qu'Eugénie.

Ismaël disposait des verres sur la table basse et débouchait une bouteille de cognac au long col quand, de la ruelle, mêlée aux aboiements désespérés du chien des Rubnik, s'élevèrent les notes grêles d'un bouzouki, bientôt suivies d'un chœur de rogommes : « Ouvre ta couche, mon amour… »

— Pauvre Seféris, pauvre Theodorakis ! Ils ne s'en remettraient pas s'ils entendaient ça ! soupira Pauline, les yeux au ciel.

Penché sur le parapet, Ismaël injuria les perturbateurs, en une langue inconnue, probablement l'albanais des montagnes. Reprises en écho par l'étroite ruelle, ses injures roulèrent sur les toits de tuile ronde, rebondirent jusqu'à la mer où elles se noyèrent. Le chœur s'interrompit pour retourner une bordée d'insultes à Ismaël qui vit, en un éclair, sa mère et des générations de grands-mères sodomisées par les Turcs et ses grands-pères castrés, images fortes d'une punition qui lui laissait peu de chances d'avoir jamais existé. Soit qu'il n'eût plus de voix, soit qu'il prît pour lui cette terrible bordée, le chien se tut.

— Charmant ! ricana Pauline, les lèvres pincées.

— On s'habitue au bruit au point de souffrir du silence, dit Gregory levant son verre et l'interposant entre lui et un photophore pour en admirer l'ambre. Nous avions pour voisin un vieil aristocrate autrichien fou de l'impératrice Élisabeth. Depuis son adolescence il collectionnait tout ce qui a trait à cette divine : des centaines de photos, de gravures, de portraits, un nécessaire en vermeil, des livres, des articles de la presse du monde entier, des robes et des chapeaux copiés par une modiste sur des dessins de l'époque, et — le clou ! — au milieu de son salon, un cercueil ouvert dans lequel reposait une poupée gonflable habillée en impératrice d'Autriche-Hongrie coiffée de son diadème. Tous les matins de Dieu, il prenait sa canne, son canotier et partait se promener dans les jardins de l'Achilleon. Le soir après dîner, sur un vieux phono à manivelle, il jouait au moins dix fois de suite *Le beau Danube bleu.* À Corfou, vous imaginez… Un 78 tours heureusement ! Un soir le vent a ouvert un volet et nous l'avons vu qui valsait avec la poupée gonflable dans son salon. Au début, il y a deux ans, Natacha ne pouvait pas fermer l'œil et puis, avec le temps, elle s'est habituée. Dès les premières mesures de Strauss, elle s'endormait comme une enfant. Quand cet excellent homme est mort, le mois dernier, Natacha a vécu une semaine d'insomnie. Je l'ai guérie avec un enregistrement du *Beau Danube.* Aux premières notes, elle tombe dans les bras de Morphée. C'est radical.

Natacha acquiesça en hochant la tête. L'heure approchait où, se méfiant d'elle-même, elle parlait avec une circonspection qui frisait le mutisme. Son visage boursouflé aux pommettes de Tartare s'alourdissait de poches mauves sous les yeux bridés et sa lippe gourmande suçait un improbable bonbon. Jeune fille, elle n'avait jamais dû être belle et se défendait grâce à une vivacité goguenarde qui, avec le temps, s'était aiguisée au point de lui laisser peu d'amis en dehors du petit cercle autour d'Elleni et d'Oswald.

— Je crois, finit-elle par murmurer, je crois...

Elle essaya de se lever en s'appuyant sur sa canne. Volant à son secours avant qu'elle ait eu le temps de proférer une obscénité, Gregory la souleva en la prenant sous les bras et la mit debout avec une émouvante tendresse.

— Tu veux que je t'accompagne ?

— L'insolent ! J'ai passé l'âge, monsieur !

Ah, comme elle était fière encore, ou jouait la fierté, boiteuse, la canne tâtonnant la terrasse dallée, la marche à l'entrée du salon où ils la virent zigzaguer entre les fauteuils et les tables basses, les écartant d'un coup de hanche quand ils obstruaient son passage ! Une lampe à abat-jour tomba et se brisa en deux morceaux qu'un preste coup de canne repoussa sous un canapé. Pressé de présenter une excuse que personne ne sollicitait plus, Gregory dit qu'elle souffrait de violentes migraines et y remédiait en se passant la tête sous l'eau froide. Une vieille recette de famille. Mort d'une piqûre de rosier à quatre-vingt-dix-neuf ans, leur grand-père se baignait nu dans la Baltique, hiver comme été, jusqu'à la fin de sa vie. Des générations de Pirovski avaient vécu presque centenaires en cassant la glace et en se fouettant de verges. C'est seulement après leur installation à Corfou que Natacha et lui avaient commencé à prendre de l'embonpoint. La mer est si chaude — n'est-ce pas ? — qu'on peut à peine y rester quelques minutes en été. Natacha se baignait seulement en hiver, nageant toute droite comme une grenouille. Il devait l'aider au sortir de l'eau, sur la plage de galets. En morte-saison, les beaux abattis dorés de l'insolente jeunesse ne l'insultaient plus. Avec sa passion pour des êtres irréels, nourris de feuilles de salade et de jus de fruits purgatifs, aux corps si parfaits qu'on les prend pour une réincarnation des héros et des nymphes, toute notre époque insulte les hommes et les femmes d'un autre âge. Gregory en convenait : la seule apparition d'Anthea reprochait aux croulants leurs rides, leur décrépitude, les infirmités, le rabâchage qui sentent déjà la tombe. Si la jeunesse savait combien cruelle est sa présence, avec un peu de cœur, elle se cacherait et raserait les murs.

— Monsieur, s'écria Douglas avec un feu inattendu, vous vous trompez : la jeunesse n'existe pas. Elle n'en a pas le temps. La maladie de vieillir la dévore. Tous les signes l'y condamnent !

— Un syndrome qui se dissipe rapidement ! ricana Pauline, bombant le torse pour en faire saillir le peu de poitrine. L'envie de vieillir ne semble pas dévorer votre cher ami Thomas. Il y a foule en bas pour le persuader à genoux que son avenir se présente sous le jour le plus avenant et que la maturité est la meilleure catharsis des passions adolescentes.

C'était tout Pauline, ce mélange de didactisme, de hauteur bienveillante accentués par sa voix très comtessedemontebelloesque dès qu'elle parvenait à placer quelques mots d'un vocabulaire psycho-mondain qui donnait envie de lui rire au nez. Mais personne ne riait, même pas Douglas qui, épuisé par sa brusque et vaine révolte contre la bêtise humaine, posa sa tête sur l'épaule de Betty. Ce singulier tableau, inenvisageable deux heures avant, ne choquait pas plus que si Betty et Douglas, mariés la veille, avaient prolongé leur nuit de noces sous les yeux indulgents des parents. Si, ne les connaissant pas et arrivée à l'instant, Pauline les avait découverts ainsi, nul doute qu'elle aurait salué les deux amants d'un : « Ils sont charmants » et d'ajouter avec sa perfidie glacée : « J'ai toujours su, quand deux êtres s'aiment, que les grandes différences d'âge n'existent pas », citant dans sa famille, et quelques autres familles de belle extraction, des amants heureux et menant une vie sans nuages malgré les années qui les séparaient.

Un rêve passa. Gregory le brisa :

— Je n'ai jamais connu l'amour. J'ai toujours eu une sœur aimée qui me maternait. Ma naïveté reste grande. Où aurais-je trouvé une femme plus intelligente et plus drôle que Natacha ? Dans les moments où la fortune nous contrariait — et ils ont été nombreux mais pas pires qu'après-demain — nous n'avons jamais été aussi proches l'un de l'autre. Un jour, Elleni m'a demandé pourquoi je n'étais pas devenu homosexuel. À la vérité, je ne sais pas. Peut-être n'ai-je pas les aptitudes nécessaires. J'y ai pensé en rencontrant Marcello...

— Ah ! Enfin ! dit Douglas, subitement intéressé.

— Je vois, cher Doug, que le nom de Marcello vous tire de votre rêverie.

— J'ai des raisons !

— Si vous vous attendez à ce que je dise du mal de cet ami, vous vous trompez...

Gregory se souvenait de leur première rencontre à Cinecittà dans la foule des figurants de Vittorio de Sica. Voyons, voyons... quand était-ce ? Après la guerre, à la fin des années 40, probablement même 51 ou 52. Lui, Marcello n'avait pas plus de vingt ans, les joues creuses ombrées par une barbe pas rasée depuis deux ou trois jours, un pardessus élimé, une chemise douteuse, des manches trop courtes d'où sortaient des mains rougies par le froid. Natacha avait dit :

— Ce garçon n'a pas de quoi s'offrir un sandwich avant la paye du soir. Invitons-le, pas toi, moi, sinon il va t'offrir une passe à 50 lires. Maigre comme il est, c'est tout ce qu'il peut demander.

À jeun depuis deux jours il n'avait pas dévoré un sandwich, mais trois ou quatre. Marcello se disait romain ou presque : fils d'un évêque et d'une comtesse napolitaine. Et voilà comment il était entré dans leur vie pendant six mois, couchant sur un vieux sofa déglingué dont les ressorts lui meurtrissaient les reins. La figuration n'étant pas un métier très régulier, il vendait des cigarettes de contrebande dans la rue pour offrir une cravate à Gregory ou apporter des roses blanches à Natacha. Lentement, il remontait la pente, les dents serrées, apportant, les jours de chance, de fabuleux bouquets à Natacha et, pour Gregory, des cravates d'un grand chemisier. Puis, brusquement, tout était allé mieux. À Londres, l'oncle Boris Pirovski passait à trépas laissant quelques derniers bijoux à vendre. Ils avaient emmené Marcello à Londres. De là, celui-ci s'était envolé sans donner d'explications — on ne lui en demandait pas — et sans oublier Natacha qui recevait chaque semaine un bouquet de roses blanches avec une carte : « À Notre Demoiselle du Bon Secours et à mon "frère" Gregory. » Pendant un temps, dans les magazines chics, on tombait sur des photos de lui en smoking ou en habit, mêlé au Tout-Londres de l'époque ou roulant carrosse et fumant cigare. Non moins brusquement il passait de la splendeur à la misère. Décavé, ayant tout perdu au jeu, il revenait chez les Pirovski pour dormir dans un fauteuil, à moins qu'il n'envoyât de prison un appel au secours : « Un rasoir, un blaireau (un vrai), un parfum français, un savon de Fortnum and Mason, les œuvres complètes d'Oscar Wilde. » La prison ? Pourquoi ? Une vétille, disait-il. Après ce premier avertissement, le fils de l'évêque et de la comtesse napolitaine avait mieux choisi ses donateurs. En majorité des dames. Généralement plus âgées. La première lady L. le comblait et, par ricochet, comblait les Pirovski à un moment difficile. Si, parti pour quelque riviera enchanteresse, il les oubliait et, au retour, rencontrait Gregory dans Regent Street, il l'entraînait chez un tailleur de Savile Row et lui commandait six costumes, deux manteaux d'un coup et, le soir même, Natacha recevait 500 livres de roses blanches alors qu'elle aurait préféré des souliers neufs. À la mort de lady L., Marcello avait de nouveau frôlé la prison, rendu, presque, tous les bijoux aux héritiers et s'était fait oublier avant de tomber sur une Américaine qui en était à son septième mari. Au bout d'un an, elle l'avait renvoyé avec un encas et une recommandation pour une amie à elle, une Brésilienne. Et voilà pourquoi Marcello possédait une ferme dans le Sertão, une mine de cuivre au Chili, une aciérie à Pittsburgh, un divin yacht et bien d'autres choses encore dont un appartement à Corfou qu'habitaient les Pirovski. De temps à autre, il apparaissait, porteur de cadeaux sublimes qu'ils revendaient à bas prix (« connaissez-vous quelqu'un qui ait jamais fait une affaire sur le dos d'un Corfiote ? ») en attendant son prochain passage. Marcello ne daignait même pas leur rendre visite dans l'appartement qu'il leur avait acheté. Natacha le disait magicien : « Avec du vide, il fabrique de l'or ; avec sa b... il bénit les femmes qui en ont bien besoin. »

— Et la Brésilienne ? demanda Douglas, soudain agressif.

— Épuisée par la fête, elle a gagné le ciel, heureuse, comblée, remerciant dans un souffle et un testament celui qui a embelli ses dernières années.

Betty gémit puérilement quand Douglas l'abandonna pour marcher de long en large sur la terrasse, les mains nouées dans le dos, voûté, la tête penchée en avant et rentrée dans les épaules, prêt à foncer contre un invisible adversaire surgi du passé.

— Alors, c'est lui, le fameux Lolo pour les vieux messieurs, Mama pour les douairières, ruinant les deux, frétillant des fesses dans le beau monde à Londres, à Paris, à Rome ! Et vous Pirovski, qu'est-ce que vous êtes ? Le receleur de ce fils d'évêque et d'une pute quelconque ! Des roses pour mademoiselle Natacha, pour vous du caviar et des fringues ! D'accord, il vous loge, mais vous ne le voyez pas, il se défile ! Vous lui rappelleriez trop de honteux moments... Inoubliable, ce Marcello ! Dans son brouillard, Oswald ne retrouve pas le nom d'Anthea mais celui de Marcello lui vient spontanément aux lèvres. Si vous êtes tous là ce soir, c'est parce qu'un jour ou un autre, vous avez été les amis de Marcello, ses créanciers aux heures difficiles, ses débiteurs aux heures fastueuses, les premiers à ses fêtes, les derniers à partir. C'est l'Hermès Trismégiste de vos sauteries : un peu filou en cas de nécessité, très prodigue, bien plus intéressant quand il est absent que présent. Comme il doit s'amuser quand il y pense... Dans un mauvais roman, comme il s'en écrit tant, il devrait être à demi caché derrière un rideau, nous écoutant, un peu étonné de ce qu'il entend, ravi qu'on parle de lui, inquiet qu'on en dise trop ou pas assez. Si je me taisais, il apparaîtrait les bras ouverts : « Bonsoir mes chéris ! », s'effacerait devant un groom chargé d'une montagne de roses blanches pour Elleni et tirerait de sa poche de magicien une brassée de cravates, une pour chacun de nous. Les roses blanches et les cravates l'obsèdent ce cher homme. Si un jour, il décide de quitter la vie, ce sera en s'étranglant avec une cravate. Hélas non, il n'y a pas de Marcello caché derrière le rideau. La vie n'écrit pas d'aussi mauvais romans. Pas de « coucou, c'est moi ! » et de baisers mouillés sur toutes les joues. Marcello dort déjà dans le ventre du *Wild Flower*, à moins qu'il ne soit en chasse dans les boîtes à matelots du port accompagné du plus gentil membre de son équipage. Inoubliable, le Marcello, inoubliable… Il nous manque ! Sa Majesté Lolo-Mama se fait désirer. Un type qui a su se faire désirer pendant cinquante ans, qui y parvient encore avec ses cheveux blancs, sa tête de vieil adolescent à la peau tendue comme une peau de tambour par les liftings, ce type est un génie ! Il nous ridiculise, Thomas et moi, il ridiculise nos lamentables insolences, nos cheveux longs ou nos têtes rasées, nos menaces de suicide ! Qu'est-ce que j'ai fait moi ? J'ai incendié une voiture au carnaval d'Islington. Papa a payé. À Covent Garden, je me suis foutu à poil pendant une représentation de *Don Juan*. Il paraît que c'est la vingtième fois qu'un spectateur se déshabille aux fauteuils d'orchestre. J'ai entarté Bill Gates, l'homme le plus riche du monde. Le lendemain un émissaire m'a demandé de sculpter un buste de lui. Deux jours après, je lui ai envoyé un tuyau de poêle avec des lunettes et deux oreilles de chien en papier. Son chauffeur m'a laissé une enveloppe et un chèque. Le voilà, tenez, je ne mens pas.

Douglas sortit de sa poche un bout de papier qu'il plia soigneusement en forme d'ailes d'avion et lança par-dessus la balustrade. Le chèque vola élégamment au-dessus de la ruelle et d'un toit voisin avant de piquer en chandelle vers la mer.

— L'an dernier, reprit-il, j'ai loué une galerie pour exposer mes œuvres : un buste de femme, un discobole, un joueur de Manchester United, deux lutteurs. J'ai eu un seul article avec un joli titre : « Le Rodin du pauvre ». Pas un amateur. Cette année, j'ai exposé des bidons d'essence peints en jaune et vert, un pot de chambre plein de merde, des boîtes de conserve grouillantes d'asticots, une machine à coudre couverte d'escargots, un sexe d'âne plastifié... je vous épargne le reste... Un succès dément. Les frères Saatchi ont tout acheté pour la Tate Gallery... Avec Thomas, nous sautons Mme Krug au Grande-Bretagne, le professeur l'apprend et s'éclipse comme s'il était le coupable. Nous jouons la divine Anthea aux cartes et je gagne en trichant un peu mieux que mon meilleur copain. Il veut se suicider. Je l'encourage. Sous la table, j'ai titillé l'entrecuisse de Betty et ça vous a tous amusés. J'ai mangé comme un porc. Vous ne l'avez même pas remarqué, madame Beauport, comtesse de Montebello qui donnez des leçons à tout le monde...

— Ça vous aurait fait trop plaisir, dit Pauline.

— Oui, probablement ! Je le cherchais. Vous avez raison comme toujours et je vous en demande pardon, mais vous avouerez que le monde est mou, si mou qu'on peut lui enfoncer n'importe quoi dans le ventre sans qu'il en crève.

Douglas se saisit de la bouteille de cognac et but une gorgée qui lui brûla si vivement la gorge que son visage s'empourpra.

— Tu es merveilleux ! cria Betty dans un irrésistible élan.

Il leva la main pour demander un silence que personne ne lui disputait.

— Votre Marcello a fait chanter mon père, entraîné Oswald dans une maison infâme qui a failli briser sa carrière. Et pensez à toutes ces vieilles peaux qui sont mortes sous lui, épuisées par des coïts infernaux. Que de succès pour le figurant famélique de Cinecittà ! Voilà mon maître ! Le plus grand insulteur du monde, l'homme le plus doué pour se laisser acheter, le plus doué pour acheter la considération du monde… Un génie… Nous sommes, Thomas et moi, des enfants de chœur !

Gregory se leva péniblement, grimaçant, une main sur les reins.

— Je vais voir si ma petite sœur ne s'est pas endormie sous le robinet ou couchée dans une chambre restée ouverte. Elle a, parfois, de ces troubles.

Douglas étendit les bras en croix :

— Qu'est-ce que je vous disais ? Je renonce…

— À quoi ? demanda Betty, affolée.

— Non, pas à toi. Je renonce à élever une statue que je voulais appeler Marcello : une boîte à ordures surmontée d'un siège de chiottes pour honorer sa réussite. Plus fort que nous tous, il est PROPRIÉTAIRE DU VIDE. Il a gagné. Facile quand on règne sur l'absence, parce que vous êtes tous des absents…

— Mais non ! implora Betty. Regarde… je suis là !

Douglas s'assit sur le parapet, balançant ses longues jambes. Il n'avait plus qu'à se laisser aller en arrière pour tomber du troisième étage. Betty cacha son visage dans ses mains. Bobibo sortit un étui à cigare de sa poche et le tendit à Douglas qui refusa, à Otan qui accepta, roula le cigare entre des doigts experts et le passa sous son nez :

— Toucher soyeux. Je prévois un parfum d'épices, un tirage plein de délicatesses. L'humidité de Corfou conserve admirablement les cigares. L'an dernier, dans une maison en démolition, on en a retrouvé une centaine, des cubains, qui dataient de 1890. Parfaits : arôme, robe. Eugénie déteste l'odeur du cigare. Ça ne vous gêne pas, Pauline, et vous, Betty ?

— Vous ne craignez pas le cancer ? dit Betty, la main sur sa gorge comme si, déjà, la poignait un crabe tapi dans ses poumons.

— Il faudra bientôt renouveler les bougies, fit Pauline. La première vient de s'éteindre. Comment appelle-t-on Ismaël ?

Douglas venait de s'agenouiller sur la terrasse et, plié en deux, se penchait au-dessus du parapet.

— J'ai l'impression qu'en ce moment, il ne faut pas le déranger. Merveilleux ! Il refait le monde.

De l'étage en dessous montaient des ahanements rauques et de petits cris que l'on pouvait traduire à peu près par des « encore-encore » et des « oui-oui » qui ne laissaient pas de doutes. Betty se précipita pour écouter.

— Intéressant ? demanda Pauline se retenant pour ne pas les rejoindre.

— Ismaël besogne la cuisinière épirote, dit Douglas.

— Quel beau titre de roman ! soupira Otan. Je vais demander à Eugénie de le déposer avec quelques variantes.

Un cri de victoire monta de l'étage inférieur.

— Mission accomplie ! dit Bobibo. Si Ismaël est occupé, où trouverons-nous d'autres bougies ?

Les dernières commencent à fumer. Nous n'allons pas rester là, dans le noir.

— Oui, renchérit Pauline, c'est lugubre et nous sommes tous lugubres malgré l'esprit fantaisiste du jeune Douglas.

— Moi, un esprit fantaisiste ? Ah, madame, je hais la fantaisie, je préfère me jeter de la terrasse dans la rue plutôt que de passer pour un fantaisiste. Vous m'insultez gravement. Autant, pour vous en donner une idée, que si je vous traitais de bas-bleu.

Mal à l'aise, Bobibo se remua sur sa chaise et tira des bouffées précipitées de son cigare. Il le savait bien que sa femme était un bas-bleu, mais il n'appréciait pas qu'on s'en aperçût devant lui. Deux flammes se tordirent dans un photophore avant de s'éteindre en grésillant. Otan eut un geste vers la bouteille de cognac et se ravisa. Sa femme se plaignait que l'alcool lui donnât mauvaise haleine. Il y a une heure de la nuit où les conversations tombent d'elles-mêmes. Les silences disent tout et ce ne sont pas les mêmes silences pour chacun. On se sert un verre d'alcool, on croise ou décroise les jambes, on allume une cigarette, on regarde le plafond ou le ciel sans y trouver de réponse. Qui va se sacrifier pour dire n'importe quoi d'imbécile sur les mystères de la plus haute des sphères célestes, le premier mobile qui enveloppe toutes les autres sphères et leur communique un impeccable mouvement d'horlogerie ? Bobibo priait pour que ce ne fût pas Pauline pressée d'effacer l'insolence du « bas-bleu » lancée par Douglas. Il y a des grâces : Pauline se taisait, espérant sans doute que, penchée au-dessus du parapet, Betty, la première, romprait le silence, mais Betty ne jouait plus leur jeu. Ce qu'elle discernait en bas, dans la ruelle, à l'abri d'une large porte dont la lumière jaune d'une lanterne vénitienne éclairait un battant, ressemblait tellement à un Hugo accroupi à la turque, les mains aux tempes, qu'elle ne pouvait y croire. Dans l'orbe de la lanterne, on distinguait ses cheveux gris, presque blancs, le col de sa chemise et, surtout, cette façon de se tenir la tête dans les mains chaque fois que, pour effacer Betty, il s'isolait — ou feignait de s'isoler — et tentait de retrouver ses chers démons, ce monde dans lequel il se plongeait depuis vingt ans non sans commencer à en ressentir un amer dégoût. Elle aurait crié s'il avait bougé, mais il ne s'animait pas plus qu'une statue de pierre et, peut-être y eut-il entre eux, à cette minute, une onde de pitié, de détresse qui, depuis leur union, n'était jamais passée et soudain venait de l'atteindre en plein cœur. Hugo se redressa, esquissa un geste du bras — oh vague, très vague — comme s'il appelait une invisible charité de ce ciel noir si pur, si angoissant, taché de signes dorés qui scintillaient, amusés, dans la nuit. Betty s'empara d'un photophore, le brandit et l'agita si fort que la bougie déjà exténuée mourut dans un souffle.

— Je viens, cria-t-elle.

Et elle courut vers le salon, trébucha sur la marche, écrasa du pied un morceau de la lampe renversée par Natacha, se retourna vers Doug, Pauline, Otan et Bobibo, et, avec un sourire confondant de jeunesse, avoua :

— J'ai toujours été une idiote. On ne se refait pas. Pardonnez-moi.

— Eh bien, constata Pauline après un temps, voilà de l'inattendu. Idiote, elle ? Oh, non ! Pas vraiment. Mais un jouet pour les hommes. J'espère, Douglas, que vous ne vous attristez pas trop ? *La dona e mobile*, n'est-ce pas ?

— Non, madame. Ce n'était pas pour la vie. Il est temps de rejoindre la foule des pleureurs qui entourent mon ami Thomas. Avec un peu de chance, s'il n'est pas trop tard, je le persuaderai de rester avec nous...

— Alors, mon garçon, accompagnez-moi jusqu'en bas. Je vais rentrer. Il me semble que Robert et Otan ont encore des choses à se dire...

Dans Corfou et aux alentours immédiats, Pauline véhiculait son mari sur un tricycle de livreur surmonté d'une tente à franges. En circulant la nuit, son moteur de Vespa réveillait la moitié de la ville. Sans Bobibo dans le baquet, il lui poussait des ailes. Douglas la regarda s'éloigner, dépasser Hugo et Betty qui marchaient en se tenant par la main, disparaître en direction de l'Esplanade. Derrière lui, s'alourdissaient les pas de Bobibo et d'Otan descendant l'escalier en colimaçon. Douglas colla son oreille à la porte du garage où il logeait avec Thomas. Bravement, il ouvrit la porte.

— Je ne sais plus, cher Bobibo, si nous avons réellement passé une soirée ensemble ou si on ne nous a pas inventés. À la fin, quand nous n'étions plus que quatre, j'ai vraiment eu l'impression que tout ça n'était pas vrai. Ces dialogues…

— Vous voulez dire ces monologues. Personne

n'écoute. Chacun prépare son discours et se lance dès qu'il trouve une faille dans le brouhaha général.

Ils marchaient au milieu de la rue déserte aux volets tirés. Des balcons pendaient les grappes de glycine, de volubilis ou de jasmin. Les toits découpaient dans le ciel une large avenue bordée d'étoiles.

— C'est hallucinant, dit Otan, de se promener dans une ville endormie. Pensez à la somme des rêves qui se déroulent à l'instant même, à leur vertigineuse rapidité, à la force cosmique qui s'en dégage au mépris de toute raison. Réunissez ces rêves en un faisceau et vous aurez la puissance magique de Prospero.

— Prospero ?

— Shakespeare, *La tempête.*

— Pardon, dit humblement Bobibo, j'avais la tête ailleurs. Ces souvenirs s'éloignent. Le poids du présent fait de moi un barbare... mais je retiens votre idée d'une ville, peut-être de toute une île emportée dans les rêves comme par une inondation. Je suis troublé par ce que vous venez de suggérer : ce dîner était-il un songe ? Il en a tout l'abracadabrant et, en même temps, l'essentiel me reste en mémoire. D'habitude, j'oublie presque tout dans la minute qui suit mon réveil... or, là, j'entends encore Ismaël et la cuisinière épirote ou je ne sais qui se manifester leur amour d'une façon assez... bruyante.

— En effet, la chose est peu vraisemblable. Ils logent ordinairement au rez-de-chaussée et la pièce d'où venaient ces bruits est la chambre d'Oswald et d'Elleni.

— Ah, tout de même, vous avez dans l'oreille les ahans de notre cyclope albanais et les « encore » de sa partenaire.

— Il y a un ferry de nuit, une vieille ferraille qui, en entrant dans le port et mouillant son ancre, fait à peu près le même bruit.

Ils arrivaient à un croisement au bout de la ruelle. Otan retint son ami par le bras :

— Passons plutôt par la gauche. Un léger détour, mais si je m'approche trop de la maison, Nabu aboiera. À moins qu'Eugénie ne soit déjà rentrée. Elle n'aime pas le laisser longtemps seul. Il a quinze ans et panique à l'idée de mourir sans que nous soyons auprès de lui à tenir sa patte.

Bobibo s'intéressait médiocrement aux chiens.

— Entièrement d'accord, dit-il. J'ai besoin de marcher. C'est l'heure idéale. Plus personne à saluer. Pas de considérations sur la chaleur, le froid, le vent, pas de nouvelles à donner du chien, des amis, des Turcs, des Albanais, de *tutti quanti*.

Ils n'avaient pas eu besoin de se consulter. En cette saison, après minuit, *Chez Sotiro* restait la seule taverne ouverte sur le vieux port. La rue descendait en pente douce vers la mer dont un souffle apportait par vagues les relents salés et l'odeur de saumure des poissons séchant sur les claies. Une bicyclette les dépassa, montée par un homme en noir coiffé d'un chapeau mou.

— Tiens, c'est Spiridakis, l'avocat, dit Otan. Très ami de la femme du commandant du *Kerkyra.* D'ordinaire, il rentre chez lui à l'aube, le ferry ne revenant pas avant sept heures du matin. La flamme de leur amour — ce sont les mots qu'elle emploie quand elle se confie à Eugénie — ne serait-elle pas en voie d'extinction ?

— Comme mon cigare. Je n'ai pas d'allumettes. Avant de sortir, Pauline inspecte mes vestes pour m'empêcher de fumer.

Otan fouilla dans sa poche et tendit un briquet empestant le pétrole. La flamme éclaira le visage émerillonné de Bobibo. Il aspira quelques bouffées, cracha et jeta le cigare :

— Impossible ! Un vrai crime ! Bonne leçon. On ne rallume pas un havane. Vous disiez ?

— Rien. Je m'interroge en silence. Le dénommé Thomas existe-t-il ? Ou est-ce une invention de ce diable de Douglas qui a pris Anthea pour complice ?

Bobibo balaya du geste une hypothèse aussi absurde.

— Mon cher, si vous souhaitez que nous restions amis, ne touchez pas à Anthea. L'avez-vous vue partir avec Oswald appuyé d'une main sur l'épaule de sa fille ? Antigone et Œdipe sur la route de Thèbes.

— Ah ! Je me souviens de cette image ! Aurions-nous rêvé la même chose ? Ce serait un cas unique. Gardons-le pour nous. Consulter un psychanalyste risque de tout embrouiller.

Bobibo s'arrêta net au milieu de la ruelle, pointant le doigt vers deux panaches gris sur fond de ciel. Le sifflement des réacteurs ne parvint qu'après leur disparition.

— Retour de mission. Ont-ils bien visé, bien écrasé sous les bombes quelques malheureux civils qui n'auront même pas eu le temps de maudire cette canaille de Milosevic et la criminelle Albright ?

— C'est vrai qu'entre les deux, le choix est pénible ! convint Otan. Depuis le début du XXe siècle, on n'a pas cessé de nous mettre dans des situations impossibles. Le monde ne nous obéit plus. Des fantoches se croient investis du pouvoir divin de donner la mort.

Une bataille de chats les ramena sur terre : un noir et un tigré s'injuriaient autour d'une poubelle.

— Lequel cédera le premier ? dit Bobibo. Je m'étonne toujours quand le gagnant par intimidation ne poursuit pas le perdant pour le mettre en pièces. C'est pourtant la loi de la guerre, sinon le lendemain tout est à recommencer.

Leur marche les conduisait à un raccourci, un escalier qui descendait droit sur le port où un lourd caïque traînant à la queue leu leu une demi-douzaine de petites barques équipées de lampes à acétylène passait les feux de la jetée.

— Il fait délicieusement bon, dit Bobibo. La mer est noire, les hommes reviennent de la pêche, les cales remplies de poisson. L'ordre règne dans le monde. Demain matin, on étendra sur les quais les filets bruns et jaunes, les femmes le pouce du pied tirant une maille répareront les dégâts de la nuit et maudiront les dauphins. Ça dure depuis trois ou quatre mille ans. Pourquoi vous promenez-vous toujours dans les planètes quand tout est si familier ici ?

— Rien ne prouve que ce n'est pas aussi familier là-bas.

— Mais l'ennui du voyage ?

— De toute façon, il faut bien se déplacer, ne serait-ce que pour goûter au vin de Sotiro.

Malgré l'heure tardive, la taverne était encore pleine, ou peut-être était-ce à cause de cette heure tardive. Les hommes ne parviennent pas à se quitter quand une ville est plongée dans l'apesanteur.

Sotiro les plaça au fond, près des tonneaux haut perchés sur un échafaudage, leurs obscènes robinets laissant tomber quelques gouttes chaque fois que lui ou sa femme tiraient une cruche de vin résiné. À une table autour de laquelle on semblait avoir fait le vide, quatre jeunes Américains picoraient dans les assiettes d'amuse-gueule : deux forts garçons bâtis en colosses pour le football américain et deux filles ni jolies ni laides, mais saines et mal peignées. À intervalles irréguliers, ils éclataient d'un rire à faire trembler les vitres. Un couple de Français chuchotait à voix basse, une main devant la bouche, jetant des regards de côté comme si on les épiait. Des pêcheurs arrivaient par petits paquets et, devant chacun, Mme Sotiro plaçait des couverts roulés dans une serviette en papier, une demi-ocque de vin résiné et du pain blanc. Ils ne se parlaient pas, se contentant de mastiquer le pain ou une olive dont ils crachaient le noyau dans un cendrier avant qu'on leur apporte des assiettes de fromage blanc et des poulpes trempant dans une sauce vinaigrette à l'origan. Bobibo commanda du vin et du fromage frit.

— Cette jeunesse, dit-il, ne regarde rien, n'entend rien que son propre vacarme. Elle vit en vase clos, parfaitement heureuse. J'ai l'impression que le jeune Douglas est différent d'eux : insolent mais lourd dans l'insolence, singeant les pitoyables plaisanteries surréalistes des années 20, mal à l'aise partout et enrageant de s'en rendre compte. Je reste persuadé qu'il a inventé son ami Thomas.

— Comment le saurions-nous puisque nous n'avons pas vu ce Thomas ? C'est seulement quand on voit les choses qu'elles nous paraissent inexistantes. Cela dit, il y a un hic : Betty prétend avoir couché avec ce Thomas, et Anthea a difficilement pu feindre son émotion à l'idée qu'il se suiciderait de désespoir.

— Ce sont de bons acteurs.

Bobibo, du plat de la main, tapa sur la table :

— Alors ? Nous aussi !

— Eh bien, je ne dirais pas non. Le seul invité qui ait une réalité est le cher, l'énigmatique, l'élusif et généreux Marcello. Nous ne l'avons pas vu apparaître.

Au nom de Marcello, un des pêcheurs à la table voisine tourna la tête vers eux et dit, mâchant son pain trempé dans l'huile :

— Marcello, l'ami à voile…

— … et à vapeur, murmura Otan.

— … il est arrivé aujourd'hui, reprit l'homme. Il est très bon. Il a promis à sa mort de donner son argent aux pauvres.

D'un geste du bras il indiqua le port où, à part des caïques de pêche, s'entassaient les yachts et les gros canots à moteur, et continua de mâcher son pain, se désintéressant de ses voisins.

— Distribuer sa fortune aux pauvres ! s'exclama Bobibo. Que c'est cruel ! Ils vont regretter de perdre une vie qu'ils maudissaient. Tout changement dans une société finit par des catastrophes. Seul l'espoir fait vivre.

Une rafale de rires américains secoua la taverne. Dieu, que pouvaient-ils trouver de si drôle à se dire ? Excédés, les Français appelèrent la femme de Sotiro et demandèrent l'addition.

— Ils n'ont pas tort, dit Bobibo. Nous devrions en faire autant. J'ai envie de marcher. Les péripatéticiens n'ont philosophé qu'en marchant. Des pieds au cerveau, il n'y a pas si loin.

Avec son épaisse moustache de palikare, ses cheveux courts et frisés, des joues piquées de petite vérole, il ne manquait à Sotiro qu'un fez, un sabre et des pistolets passés dans une large ceinture rouge pour figurer un des libérateurs de la Grèce deux siècles plus tôt :

— Vous partez, monsieur Otan ?

— Le silence est un luxe.

— Je vois.

D'un mouvement du menton, Sotiro désigna les quatre jeunes gens qui venaient d'éclater de rire. Fronçant ses sourcils en broussaille, il s'appuya sur la table, poings fermés :

— Bien sûr c'est pas eux qui bombardent nos frères chrétiens de Serbie, mais ça finira mal. Je vous le dis pas pour que vous partiez. Si vous aimez le spectacle, restez. Ici, les hommes croient facilement qu'on se fout d'eux quand des étrangers rient si fort sans qu'on les comprenne.

— J'ai assez raconté de bagarres dans les mauvais polars que je fabrique avec Eugénie pour ne pas avoir envie d'en voir une vraie. C'est sûrement moins bien que dans les livres et au cinéma.

— L'addition est pour moi, dit Sotiro en déchirant la note que Bobibo voulait payer.

Ils passèrent à côté de la tablée de jeunes gens qui éclatèrent de rire. Le port sommeillait dans les lumières jaunes des réverbères autour desquelles dansaient un nuage de papillons blancs.

— Allons voir si le *Wild Flower* est là, dit Bobibo. Il faut tout de même des preuves de l'inexistence de Marcello.

La goélette dressait orgueilleusement ses deux mâts plus hauts que ceux des autres yachts. On avait retiré la passerelle et dans le disque de lumière d'un feu de pont, un marin en tenue blanche assis sur le toit du roof fumait, une carabine serrée entre les genoux. Apercevant les promeneurs, il jeta sa cigarette et se leva pour parcourir le pont d'un air martial, sa carabine négligemment maintenue dans la saignée du bras. À chaque demi-tour sur la plage arrière, il s'arrêtait quelques secondes, fixant du regard les deux intrus.

— Notre Marcello s'est offert une superbe coquille, dit Bobibo. Le registre du Lloyd donne la goélette pour fabriquée à Oslo il y a quelque trente ans. Une des dernières, sinon la dernière du genre. Le premier propriétaire semble avoir été un Anglais excentrique — pardonnez ce pléonasme — qui n'a jamais navigué avec. Il préférait l'avion ou le train et donnait rendez-vous à l'équipage dans tel ou tel port de la Méditerranée. Là, il condescendait à monter à bord, offrait un cocktail aux notables et à ses amis, et revenait coucher à terre dans un hôtel. Avec son dernier héritage, Marcello s'est offert cette luxueuse barque et fait à peu près le contraire. On ne le voit pas, il n'invite personne et envoie son steward commander des roses pour Natacha, du caviar pour Gregory sans jamais leur rendre visite ou les inviter à bord. Je crois que ce n'est pas le seul cas en Méditerranée.

Marcello n'a oublié aucun de ses protecteurs des temps difficiles. Il y a bien sûr une autre hypothèse. Le bruit en court. Marcello serait mort depuis quelques années. On l'a momifié et gardé dans la cabine centrale de la goélette. Avant de mourir, il a laissé des instructions très précises. Le *Wild Flower* doit chaque saison toucher un certain nombre de ports de la Méditerranée où Marcello gardait des amis, en général des amis envers lesquels il avait des dettes de reconnaissance… ou d'amour. Ainsi à Portovenere, le capitaine descend porter quatre fois par an des fleurs sur la tombe d'un jeune marin mort en le protégeant lors d'une rixe. À Trieste, ce sont aussi des fleurs sur la tombe de Paul et Hélène Morand. À Patmos, le capitaine apporte une caisse de vin au monastère où le moine qui l'a converti à l'orthodoxie finit ses jours. À Beyrouth, le capitaine rend visite à un grand banquier qui, un jour, sauva la fortune de Marcello d'un krach mémorable. En souvenir, le *Wild Flower* lui débarque, à chaque escale, une caisse de havanes Montecristo n° 1. À Corfou, vous savez qui sont les bénéficiaires de ses largesses posthumes. Ainsi de suite… Le périple ne cessera qu'à la décrépitude de la goélette qui s'enfoncera sous les eaux, avec sa momie, tous feux allumés comme le *Nautilus* du capitaine Nemo. Alors, Marcello aura vécu contre la mort plus qu'il n'est permis. Cela dit, il s'agit seulement d'une hypothèse. Il est aussi possible que Marcello, d'une nature plus que généreuse mais gagnée par la misanthropie, ne désire plus voir personne sans cependant cesser de vouloir être aimé comme par le passé.

Comme ils revenaient vers la taverne de Sotiro, la bagarre commençait. Ils s'arrêtèrent pour en contempler le déroulement. Une demi-douzaine de pêcheurs râblés et teigneux échangeaient coups de pieds et de poings avec les deux jeunes hommes dont les compagnes essayaient d'agripper les Grecs par la chemise ou les cheveux. Colossaux mais déjà empâtés, les Américains se défendaient courageusement sans parvenir à se dégager. Reculant sous l'assaut, ils finirent dans les eaux grasses du port. Leurs amies pleuraient à genoux sans penser à tendre le bras pour les aider à remonter sur le quai. Les pêcheurs avaient regagné la taverne et, massés devant la porte, se congratulaient. Otan tira la leçon.

— Dire que ces crétins riaient peut-être de quelques plaisanteries imbéciles du genre « comment vas-tu, Yaudepoil ? » Très dommage !

Bobibo partageait cet avis :

— Il y a quelque chose d'incompréhensible dans la situation générale. Les États-Unis sont une nation généreuse et altruiste. Qu'est-ce qui obligeait ce peuple à venir en 1917 tirer du pétrin la France et la Grande-Bretagne, et à recommencer en 1941 ? Pareillement en Corée du Nord et au Vietnam où leur cause épousait la morale : sauver de l'enfer communiste deux peuples qui aspiraient à la liberté, certes pas mal pourrie mais quand même la liberté des républiques. La moindre erreur…

— Vous appelez moindre erreur le bombardement de la Serbie ?

— Une moindre erreur n'efface pas tout un passé. Le monde devrait leur en savoir gré. Pas du tout. On leur jette des tomates, on les méprise, on les insulte, on les fout à l'eau, on leur prête les pires mobiles. J'aurais bien voulu voir comment cette bagarre a commencé.

— Vous le saurez en lisant le journal de demain ou d'après-demain.

— Il n'y aura pas un mot d'exact.

— Oui, mais ce sera la seule version retenue.

Les deux Américains enfin sortis de l'eau s'ébrouaient et consolaient leurs amies. Bientôt des rires mêlés de sanglots éclatèrent portés par l'eau dans tout le port, alertant les hommes de quart à bord d'un géant yacht saoudien. De la passerelle, un projecteur chercha les perturbateurs et les encercla au moment où, ayant retiré jeans et chemises, les jeunes gens dansaient devant leurs amies qui essayaient de masquer leurs vergognes avec des T-shirts.

Otan et Bobibo s'éloignèrent pour reprendre l'escalier montant vers la ville.

— Je vous raccompagne.

— Je vous raccompagnerai.

— Nous allons inventer le mouvement perpétuel jusqu'au petit jour quand place de l'Esplanade s'ouvre le premier café pour notre petit déjeuner. J'ai un beau projet à vous soumettre.

— Lequel ? s'enquit Otan, pas mal essoufflé et s'arrêtant à mi-escalier.

— Reprenez votre respiration et marchons dans une rue qui ne monte ni ne descende.

Ils avancèrent de quelques pas et Otan s'arrêta.

— Ça ne va pas ? s'inquiéta Bobibo.

— Le vin de Sotiro est particulièrement diurétique.

— Vous n'êtes pas seul.

La palissade d'un immeuble en rénovation offrait un abri. Ils lâchèrent chacun un soupir de soulagement et un petit pet qui les fit rire comme des collégiens.

— Mon père disait que pisser sans péter, c'est comme aller en Grèce sans voir le Parthénon.

— Rien, répondit Bobibo, ne cimente une amitié comme de pisser en chœur.

— Oui, les idées s'éclaircissent. Et votre grand projet ?

Bobibo n'avait pas encore reçu beaucoup d'encouragements mais pas de rebuffades non plus. Le secrétaire général des Nations-Unies l'avait écouté avec bienveillance à deux reprises et désirait réfléchir. Lors de leur dernière entrevue, Nelson Mandela s'était montré intéressé mais repoussait l'idée à plus tard. L'Afrique du Sud n'était pas mûre. Le Japon, trop poliment pour être sincère, se sentait encore indigne d'adhérer à une si honorable proposition et suggérait d'y revenir à la fin du XXIe siècle quand le pays se serait élevé au niveau moral des Européens. Eltsine avait, lui, manifesté son enthousiasme mais, en démocrate scrupuleux, voulait d'abord consulter la Douma et ramener à la raison les bandits tchétchènes. D'une façon générale, les monarchies manifestaient un bel enthousiasme, cependant rois et reines avouaient avec modestie que leurs fonctions étaient surtout représentatives...

Brûlant d'impatience, Otan pressa son ami :

— Alors, ce projet ?

Bobibo aspira tout l'air que la capacité de ses poumons permettait d'absorber et d'un trait lâcha :

— Abroger la Déclaration des Droits de l'Homme.

Otan toussa dans son poing fermé :

— Il y aura des réticences.

— Non, parce que c'est pour la remplacer par la Déclaration des Devoirs de l'Homme.

— C'est un peu la même chose, dit timidement Otan.

— Pas du tout. Les Droits de l'Homme sont une idée de la Révolution française qui n'a servi qu'à justifier la guillotine pour quatre-vingt mille citoyens, en grande majorité des gens du peuple, à légaliser l'appropriation des biens d'autrui, à préparer la dictature napoléonienne et attiser des conflits dont nous souffrons encore.

— J'en conviens, mais le mot « devoir » a une connotation fasciste… pardon… je voulais dire : « fâcheuse ».

— Le mot « droit » me fâche bien plus.

— Alors, dit Otan, je vous souhaite du plaisir.

Ils débouchaient dans une rue commerçante aux boutiques aveuglées par des rideaux de fer et des panneaux de bois. Seule une pâtisserie gardait une veilleuse éclairant des étalages vides. C'était un magasin à l'ancienne avec une façade encadrée par deux miroirs dont l'un couvert de lettres d'or annonçait les spécialités de la maison et l'autre offrait aux passants l'occasion de se voir en pied. Bobibo s'arrêta :

— Dans mon enfance quand nous venions à Corfou chez mes grands-parents pour Pâques et l'été, je m'arrêtais ici pour m'admirer. Ce miroir reflétait un petit garçon avec un trop large chapeau de paille et des culottes courtes trop longues imposés par sa mère. Plus tard, j'ai vu un jeune homme, puis un homme mûr qui avait adopté pour coiffure le panama en souvenir du petit garçon. Dans les dernières années, le miroir a renvoyé l'image d'un homme marié à une aristocratique personne qui, un peu en retrait, l'observe avec une indulgence attendrie. Celui que nous voyons, vous et moi, en ce moment, est le seul à se souvenir de ces fantômes du passé.

— Si nous grattons le tain, peut-être revivront-ils, suggéra Otan. À moins que vous ne vous embarquiez pour un de ces voyages sidéraux qui, au passage des trous noirs, remontent le temps. Il vous suffira seulement de freiner à un certain moment pour ne pas vous retrouver dans le ventre de votre mère.

Bobibo rit de bon cœur. Il n'avait aucune envie de se retrouver dans le ventre de sa mère qui fumait pendant sa grossesse et poursuivait des relations avec un amant peu précautionneux. Il craignait également, si le voyage durait quelques milliers d'années, de se retrouver dans le ventre d'Ève après puis avant le Paradis, au jour du big bang. Il se boucha les oreilles. Quel bruit, Seigneur !

— À moins que ça ne vous ennuie, dit Otan, j'aimerais passer une seconde fois devant ma maison. Si Nabu reste silencieux, c'est qu'Eugénie est bien rentrée comme je le pense et qu'il en profite pour coucher à ma place, au côté de mon épouse légitime.

— Ce chien occupe une grande place dans votre vie.

— Moins grande toutefois que celle que j'occupe dans la sienne.

Nabu n'ayant pas aboyé, ils décidèrent de passer devant l'église où repose la relique de saint Spiridion. Un quart d'heure de marche peut-être sans se presser. Otan sentait monter la fatigue. Il vivait à Corfou depuis deux ans, trouvait le climat admirable et les rues en pente assez fatigantes.

— Pauline a une excellente recette pour perdre du poids, dit Bobibo, bienveillant et soucieux de ne pas humilier Otan moins en forme.

— Vous me trouvez trop gros ?

— Non, non... ce léger embonpoint vous convient. De toute façon, nous sommes tous menacés par l'obésité qu'un langage pudique appelle la « surcharge pondérale ». Des statistiques indiscutables donnent des chiffres précis : aux États-Unis où, il y a dix ans, on comptait seulement 25 % d'obèses, aujourd'hui le taux s'élève à 35 %. Si la tendance continue, il y en aura 48 % en 2050 et à la fin du XXIe siècle : 100 %. Vous imaginez la taille des avions de transport qu'il faudra pour parachuter une centaine de Marines d'élite au-dessus d'un pays où on ne respectera pas les Devoirs de l'Homme ?

Otan s'inquiéta de cette perspective qui causerait un problème tout aussi grave aux fusées spatiales bien que, d'ici là, on pût compter sur l'ingéniosité des laboratoires pharmaceutiques pour fabriquer une pilule magique permettant de manger sucreries et boissons gazeuses à gogo.

— Saint Spiridion, sortez de votre réserve, aidez-nous ! Le monde court à la catastrophe ! implora Bobibo lorsqu'ils furent devant son église coiffée d'un dôme rouge brique assez choquant.

Mais, sur la placette, l'église baignant dans le halo de projecteurs orange resta hermétiquement muette. Les deux amis eurent beau se signer à l'orthodoxe, le saint dédaignait de répondre, endormi, tout recroquevillé, le visage parcheminé, couché dans sa châsse en ses habits somptueux.

— Mon cher Bobibo, les saints sont trop occupés par leur sainteté pour nous aider. Ils ont le sentiment d'avoir fait de leur mieux quand ils étaient parmi nous et de n'avoir que des vétilles à se reprocher. Ce sont des soldats dévoués corps et âme à leur général en chef. Le général en chef est seul responsable du chaos dans lequel nous vivons depuis que la lumière fut. Il ne faut jamais allumer la lumière. C'est à Dieu de montrer sa repentance.

Ils déambulèrent jusqu'au petit matin, songeant l'un et l'autre à une explication qui se dérobait et dont ils doutaient qu'elle surgît jamais du néant où se perdent tant de vérités dernières. La ville dormait, yeux clos, des larmes pendues à ses balcons ouvragés, parcourue de frémissements qui se faufilaient dans les avenues désertes ou s'amplifiaient dans les ruelles pour s'apaiser aux carrefours. Une fenêtre claquait, une porte battait. Un chat noir aux yeux d'or trottait sur la crête d'un mur et sautait dans le vide. Les parfums sucrés du jasmin et de la fleur de citronnier montaient par bouffées de minuscules jardins secrets. Ou une odeur âcre de poubelle renversée par un chien errant. Se pouvait-il que, derrière ces façades jaunes, vertes, bleues ou blanches, il y eût des hommes, des femmes, des enfants qui abandonnaient leurs pesants corps et se confiaient à leurs seules âmes pour chevaucher des chimères ou se laisser harceler par les Érinyes ? Lentement, derrière les monts d'Albanie, la nuit se retirait comme un rideau se lève, libérant dans une aurore rose pastel la chaotique ligne de crête du continent : géants, armées marchant au canon, précédées de pâles fumerolles, animaux fantasmatiques et, quelques minutes à peine, une femme couchée sur le dos, les seins nus, une jambe arquée pour un théâtre d'ombres. D'une rotonde qui dégageait la vue sur le détroit, Bobibo, saisi par le lyrisme, souleva son panama et salua le jour :

Mai ton soleil ardente lyre
Brûle mes doigts de sapajou
Triste et mélodieux délire
J'erre à travers mon beau Corfou
Sans avoir le cœur d'y mourir.

— Vous devez des droits d'auteur à Guillaume Apollinaire ! dit Otan, épuisé, et ne rêvant plus que de se coucher ou de s'affaler à la terrasse d'un café. Mais pourquoi des doigts de sapajou ?

— Pour la rime en « ou », mon cher, pour remplacer « endolori » et « Paris », et puis Pauline trouve qu'étant donné ma taille, j'ai de bien petites mains.

— J'avoue que je commence à fatiguer. Vous ne dormez donc jamais ?

— La nuit, je laisse ça aux esclaves. L'après-midi, oui je dors. Il ne s'y passe rien. L'information attend le soir pour éclater à la télévision ou la radio. Les quotidiens du matin répètent ce que nous savons déjà. Aujourd'hui prenons des vacances. Si nous affectons de nous désintéresser du monde, il cessera de s'agiter, faute de spectateurs. La pièce reprendra ce soir, j'en suis certain. En attendant, je vous propose un petit déjeuner réconfortant, place de l'Esplanade, au *Rendez-vous des Hellènes.* Pandeli, le serveur en chef, est la source de toutes les nouvelles de l'île.

En effet, le *Rendez-vous des Hellènes* venait d'ouvrir. Deux garçons en pagne descendaient les chaises empilées sur les tables et balayaient le sol jonché des mégots et paperasses de la veille. Pandeli salua Bobibo qui avoua n'entrer plus dans un lieu public que si on lui donnait du Monsieur Bobibo.

— Ce Pandeli est de Leucade. Il est venu à Corfou après le séisme qui a tout cassé dans son île et à Zante. Votre général en chef, cher Otan, est très coléreux. Au lieu de s'accuser de tant de bévues, c'est sur nous qu'il déchaîne sa mauvaise humeur.

Ledit Pandeli, après avoir apporté jus d'orange frais, croissants chauds et café, mourait d'envie de commenter les événements de la nuit.

— Je t'en prie, mon garçon.

— Les Américains ont bombardé l'ambassade de Chine à Belgrade et tué deux cents Chinois. Cette nuit un commando d'Albanais débarqué d'un *spidebôte* a voulu prendre possession du port et manger un morceau chez Sotiro. Sotiro, aidé de quelques pêcheurs qui passaient par là, a rejeté le commando à la mer. Deux des Albanais se sont noyés. On n'a pas retrouvé leurs corps. Les autres se sont enfuis…

— Que vous disais-je cette nuit ? fit Bobibo quand Pandeli fut parti.

— Oui, c'était prévisible, mais pas à ce point-là.

— Attendez l'article dans le journal de demain. Ils ont la journée pour broder. Stalingrad ne sera qu'une escarmouche en comparaison.

Malgré l'heure matinale, la terrasse se remplissait : passagers d'un paquebot de croisière débarqués à l'aube, bêlant après un café buvable et du pain frais, et pressés de repartir pour Bari, contents d'avoir « fait » Corfou. Le couple de Français aperçus la veille chez Sotiro leur fit un léger signe de tête et reprit, à voix basse, la conversation de la veille.

— Singulier ! dit Bobibo. Ils connaissent les bons coins et, en même temps, ils ne regardent rien.

— L'indifférence est la grande médecine de notre temps, conclut Otan que le café réveillait. Ça m'amuse encore de penser à Hugo et Betty, à la blessure dans l'amour-propre d'Hugo si vite cautérisée. Tous les deux repartant bras dessus, bras dessous. Sade et Laclos ont dû bénir leur nuit d'amour et l'inspirer. Une nuit très littéraire. Un peu revue par la critique universitaire mais amusante tout de même.

Pandeli s'arrêta net devant eux.

— J'ignorais que cette nuit vous étiez chez Sotiro et que vous lui aviez prêté main-forte.

— Main-forte est beaucoup dire, rectifia Bobibo.

— Ne soyez pas modeste, monsieur Bobibo. L'autre nouvelle vous la connaissez comme moi…

Il aimait faire durer le plaisir.

— Quoi donc, mon cher ?

— Le *Wild Flower* vient d'appareiller et de sortir du port. Sous voiles. Sans moteur. Monsieur Marcello à la barre. Une manœuvre comme on n'en voit pas deux fois dans sa vie. Du grand art. Les émirs dans leurs sabots de Noël en sont restés babas… Et voilà madame Bobibo sur son char d'assaut !

Pauline en peignoir de bain rose arrêtait son élégant tricycle devant la terrasse. Elle savait où trouver son mari après les errances de nuit. Oh… pas pour des reproches… Trop commun ! Non, plutôt l'envie de reprendre les rênes du pouvoir.

— Ami Otan, redressez-vous ! dit-elle. Eugénie me suit de peu, avec Nabu. Où avez-vous traîné tous les deux ?

— Dans les rues, en marchant. C'est à ces rares moments-là qu'on a un peu de génie.

Le garçon apportait déjà le citron pressé de madame dont le visage nu, sans fard, luisant de crème avait quelque chose de si indécent qu'Otan détourna les yeux de cette vision.

— Non, rien d'autre, Pandeli. Je m'arrête deux secondes avant mon bain. Avez-vous vu partir le *Wild Flower* ?

— Non ! dit Bobibo, amusé d'ouvrir une trappe.

— Est-ce la peine d'avoir une si belle goélette pour ne jamais hisser les voiles ? Ils sont sortis au moteur. Marcello devait encore dormir. Le magnifique Somalien barrait comme toujours. En blanc, il est plus noir que jamais. Une fois de plus Marcello n'a pas mis pied à terre. Ça devient un mythe. Je vous raccompagne, Robert ?

— Non, merci, ma chère, mais attendons Eugénie pour lui remettre Otan sain et sauf.

Otan admirait que Pauline continuât de donner du Robert à son mari alors que le sobriquet avait fait fortune aussi bien parmi les intimes que dans le bon peuple de Corfou et prêtait au discours de Bobibo une plaisante légèreté. Pauline manquait rarement une occasion de rappeler qu'elle n'acceptait pas le « Madame Bobibo ». D'où venait-elle ? Ses appartenances diverses brouillaient le jeu des devinettes. Interrogé, Bobibo avait dit : « Il est évident qu'elle est proche-orientale », une appellation qui englobait la fédération yougoslave, la Grèce, Venise et l'Italie du Sud, en fait le monde adriatique qui brassait tant de races et de religions qu'en se disant corfiote on avait tout dit.

Même en peignoir rose à cette heure matutinale, même le front ceint d'un bandeau blanc qui donnait à sa silhouette le charme passé des dames photographiées avec tant de poésie par Lartigue, Pauline ne se départait pas du petit péché d'orgueil hérité de ses origines. D'une certaine façon, elle avait déteint sur son mari, veillant par des riens à lui composer un personnage que, emporté par ses talents de fabulateur, il aurait pu négliger. Autant dire que l'apparition flamboyante d'Eugénie — flamboyante surtout en raison de sa crinière rousse et frisée — contrastait violemment avec la rigueur policée de Pauline. À cela il fallait ajouter le désordre dans lequel se présentait Eugénie, également sans maquillage, flottant dans une espèce de robe ou de tunique qui aurait aussi bien pu servir de chemise de nuit et en était peut-être une, et, précédée par son chien — ce Nabuchodonosor vulgairement baptisé Nabu — qui tirait au renard sur sa laisse, langue pendante, jappant, bavant depuis qu'il avait de loin repéré son père adoptif assis à la terrasse du *Rendez-vous des Hellènes*. À cette minute, il importait d'abord d'assurer la stabilité de la table et de tout ce qu'elle portait. Le golden retriever exprima sa joie de retrouver Otan et, une fois passé les effusions, se coucha et ne bougea plus. La conversation pouvait reprendre.

— Quelle histoire, ah quelle histoire ! dit Eugénie, encore essoufflée. Ils ont rejoué Anthea aux cartes et Thomas a remporté la partie. Il a fallu une belle. Douglas a de nouveau perdu et menacé de se suicider, mais je crois que c'était un peu une comédie pour imiter son ami. Nous étions là dans le garage qu'ils ont décoré d'une façon très amusante avec des préservatifs gonflés que deux ventilateurs se renvoient en un charmant ballet, une sirène en flotteurs de liège avec des seins encore plus gros que les miens, empalée sur une rame sculptée je ne vous dirai pas en forme de quoi. Enfin, plein de choses obscènes qui, ma chère Pauline, vous auraient hérissée si vous n'étiez pas partie si tôt. Le capitaine du *Wild Flower* est arrivé à deux heures du matin avec une caisse de champagne portée par deux Asiatiques. Il paraît que tout l'équipage est chinois. Marcello souffre d'une angine, mais il a son médecin à bord. Il reviendra pendant l'été. Natacha est descendue nous rejoindre après s'être passée tout habillée sous la douche et Gregory la poursuivait avec une serviette-éponge pour tenter de lui sécher les cheveux pendant qu'elle chantait le *Bodgé Tzara kranine* qui a beaucoup déplu à Douglas. Vous savez que ce garçon est très à gauche, trotskiste même, prétend-il, comme tous les artistes et les intellectuels à la mode. Arrête de te lécher, Nabu. Si, au lieu de se raser la tête, Thomas laisse pousser ses cheveux blonds, il sera bien plus beau que Douglas. Mais la décision n'appartient finalement à aucun des deux garçons. Anthea a choisi de vivre avec eux et quand elle sera enceinte, un test permettra de savoir qui est le père, et c'est celui-là qu'elle épousera. Personnellement, je trouve ça peu romantique de la part d'une jeune fille qui a l'air sortie d'un roman de Jane Austen. Il semble toutefois que ce genre de situation est assez fréquent aujourd'hui. Soyons à la page. Au fond de mon cœur, je vote pour Thomas et, en même temps, je regretterai l'impertinent Douglas. Il est vrai qu'un sculpteur tiendrait beaucoup plus de place qu'un poète dans le petit studio d'Anthea. Maintenant, leurs chances sont égales. Oswald paraissait distrait, Elleni le surveillait maternellement. Quel dommage qu'un si bel homme ait, pour une bêtise, perdu quelques grammes de sa cervelle. Elle est parfaite, Elleni. Conciliante, ne pensant qu'au bonheur d'Anthea. Vous partez, Pauline ?

— C'est l'heure de mon bain. Le cent trente-cinquième de l'année. Robert, je vous prends au retour ?

— Comme d'habitude, ma chère, et n'allez pas trop vite.

Ils la regardèrent enfourcher son tricycle, mettre en marche d'un vigoureux coup de talon le moteur à deux temps, lâcher une boule de fumée puante et prendre la direction de la plage au guidon de son engin dont le vent agita les élégantes guipures du parasol en coton. Un autocar s'arrêta juste devant la terrasse du café, à demi occupé par des voyageurs armés jusqu'aux dents d'appareils de photos, de caméras et de jumelles. Une boulotte petite femme en descendit, un porte-voix dans une main, dans l'autre une pancarte :

« Agence Look — Escale Nausicaa ». Le porte-voix rameutait les retardataires ou ceux qui espéraient échapper à l'excursion pour Paleocastriza où Ulysse était tombé « follement amoureux » de l'impubère Nausicaa. Un cas de pédophilie, mais à cette époque-là, il y a trois mille ans, les mœurs étaient encore assez relâchées. Des paniers-repas étaient prévus et sur la plage même une buvette vendait des boissons non alcoolisées. Retour à quinze heures. Le *Principessa Maria* appareillait à seize heures pour Bari.

— Et voilà une vision de l'enfer, dit Bobibo. Pas la peine de nous le promettre. Il est là.

Une douzaine de touristes quittèrent leurs tables pour gagner l'autocar, l'air de chiens battus. La jeune guide boulotte s'impatientait en agitant sa pancarte. Le dernier excursionniste pour la « Nausicaa story » une fois embarqué, elle interpella la table de Bobibo et Otan :

— Dépêchez-vous !

— Merde ! dit Eugénie qui le répéta en plusieurs langues pour être bien comprise.

La guide ouvrit grande la bouche pour répondre mais, ne trouvant sans doute pas les mots, se contenta de hausser les épaules et sauta sur le marchepied de l'autocar qui démarrait.

Otan ferma les yeux. L'étau qui pesait sur ses tempes depuis un moment se desserra. Dans un demi-sommeil, une brève vision l'éloigna d'Eugénie et de Bobibo : des corps nus se tordaient de douleur dans les flammes, bras levés vers un ciel d'orage où un vieillard aux yeux étincelants de fureur brandissait une pancarte : « Agence Look... Repentez-vous ! » La main d'Eugénie se posa sur son genou, Otan ouvrit les yeux et murmura :

— Blake, William Blake.

Debout à son côté se tenait, légèrement incliné, le Français aperçu la veille chez Sotiro et retrouvé ce matin au *Rendez-vous des Hellènes.*

— Non, monsieur Rubnik, pas Blake. Mon nom est Joseph Volanges. Vous ne me connaissez pas, mais moi, je vous reconnais. Je vous ai vu à la télévision française. Si je suis venu à Corfou avec Cécile, mon épouse...

Il se tourna, indiquant à une table voisine la jeune femme qui leur sourit.

— ... c'est à cause de vous. Je suis astrophysicien et vos romans me passionnent. J'y ai trouvé des idées qui, à plusieurs reprises, m'ont ouvert la voie sur la physique de l'Univers. L'imagination est un instrument de connaissance plus perfectionné que le dernier des ordinateurs. J'ai tout lu de vous. De plus, nous habitons à Paris le même immeuble et sur le même palier que votre sœur. Elle vous admire passionnément et quand elle vient dîner chez nous, elle parle de votre enfance commune avec une émotion qui lui tire des larmes. Je ne lui ai pas dit que nous partions, Cécile et moi, pour Corfou avec l'intention de vous saluer. Dès mon retour, je lui ferai la surprise. Un jour, monsieur Rubnik, vous serez reconnu comme le grand annonciateur d'un nouvel Univers plus humain qu'on ne le croit.

— Très flatté ! dit Otan se levant à demi pour serrer la main vigoureuse de l'astrophysicien.

— Intéressant ! fit Eugénie quand Joseph Volanges fut parti. J'ignorais que tu avais une sœur.

— Je n'ai pas de sœur. Je n'en ai jamais eu, dit Otan masquant de la main un bâillement qui allongea son visage joufflu.

— Je te crois, mais alors pourquoi n'avoir pas dit à cet homme qu'il est victime d'une imposture ?

— Pourquoi ? Le Ciel ne m'a pas chargé de démasquer les mythomanes.

— J'apprécie, dit Bobibo dans un de ces élans de sincérité qui lui faisaient pardonner ses calembredaines.

— Oui, pourquoi humilierais-je une certainement excellente personne qui se prétend ma sœur ? L'idée qu'il y a, sur cette terre de misère et de gloire, une femme qui aime assez mes livres pour en partager le succès en se faisant passer pour ma sœur, cette idée, chère Eugénie et toi… oui… tutoyons-nous enfin, très cher Robert Beauport… cette idée est un des beaux jours de ma vie et, en somme, elle n'est pas plus invraisemblable que la présence ou l'absence de Marcello.

— Avez-vous remarqué, dit Bobibo, que la jeune femme se prénomme Cécile et qu'elle a épousé un Volanges. Cécile Volanges ! C'est Hugo qui serait content ! Nous sommes en plein dans son roman préféré.

— Ce n'est pas la cuisinière épirote qu'Ismaël besognait, dit Eugénie avec un tel détachement que les deux hommes ne réagirent pas plus que si elle avait murmuré : « Le ciel est bleu. »

Bobibo appela Pandeli :

— Mon garçon, tu as bien dit que les avions de Clinton, Blair et Chirac ont écrasé sous les bombes l'ambassade de Chine à Belgrade et tué deux cents diplomates ?

— Trois cents, monsieur Bobibo.

— Trois cents aux dernières nouvelles… et je suppose que l'on n'a pas encore fini de compter les morceaux. L'étrange est qu'il y ait eu tant de Chinois dans l'ambassade, mais si tu dis vrai, c'est la guerre mondiale et nous serions bien bêtes de ne pas commander des bières et même des œufs sur le plat. Avant les restrictions.

Otan luttait contre le sommeil. De courtes absences l'entraînaient loin de sa femme et de son ami dont les voix lui parvenaient du fond d'un cotonneux labyrinthe. La gorge serrée, la voix de plus en plus enrouée, il s'inquiéta du sort de Solange :

— J'espère que Solange a quitté le café du Panthéon. La montagne Sainte-Geneviève est une cible trop facile. Ce serait bien mieux qu'elle reste dans son Aveyron natal, mariée à un brave gars qui n'a jamais lu un livre de sa vie.

En face d'eux, sous les arcades, un marchand de souvenirs et de cartes postales déployait un étalage d'infâmes bibelots : satyres en érection, Nausicaa en bikini, Ulysse sur son radeau, Tanagras en plastique, assiettes et vases peints de scènes érotiques d'une si abominable laideur qu'ils attireraient sûrement une foule d'amateurs dans la journée.

— Quelle bouffonnerie, notre monde, dit Bobibo que le sort de Solange inquiétait peu. Tous les mythes de l'humanité sont à vendre. Quand il ne restera plus un Apollon, plus un Christ et une Madone, plus un Wotan, plus un Cuchulain, plus une sainte Jeanne, qu'ils seront tous là, en figurines de papier mâché sur les manteaux de cheminée, le ciel sera un désert hanté par des fantômes. Comment vont-ils s'en accommoder nos jeunes gens, Anthea, Douglas et l'ectoplasme Thomas ?

— Ce n'est pas nouveau, dit Otan auquel l'apparition des œufs sur le plat parut rendre un rien d'énergie. Depuis trois mille ans les vieux de notre âge pleurent ce qu'ils ont perdu. Chaque fois la jeunesse recolle les morceaux et ça continue. Eugénie...

— Oui, mon ami.

— Nous diras-tu qui Ismaël besognait ?

— Est-ce bien nécessaire ?

— Non, évidemment.

Otan repoussa son assiette où les œufs tressautaient encore dans une mare d'huile.

— La seule certitude, c'est que le *Wild Flower* a repris la mer, dit Bobibo. De l'avenir comme du présent nous ignorons tout, sinon que la Seconde Guerre mondiale n'a pas épuisé le goût des génocides. À moindre échelle toutefois qu'en Soviétie communiste ou en Allemagne nazie, mais en Afrique et en Asie, on ne perd pas la main.

Une vive douleur crispa le visage d'Otan. Il essaya d'atteindre son demi de bière et son bras retomba.

— Je crains, dit-il avec peine, que Corfou ne soit pas très bien ancrée dans l'Adriatique. Il me semble que nous dérivons. Mon demi s'éloigne. Marcello a eu raison de prendre le large.

— Les œufs sur le plat sont très mauvais pour ton foie, assura Eugénie. Et puis tu n'as pas dormi de la nuit. Ta mère t'a mis au monde un mois trop tôt. Tu n'as pas la même résistance que ton ami qui a eu le temps de se fortifier deux mois de plus.

D'un geste épuisé, Otan refusa l'allégation. Il se sentait fatigué, mais il y a de bonnes fatigues. Le seul problème était sa bière si éloignée de sa main et la gêne « morale » qu'il éprouvait à demander de l'aide pour la saisir et la porter à ses lèvres. Un sourire contraint éclaira son visage d'une grande bonté. Un flux grisâtre envahit son visage et ses lèvres se tordirent en une affreuse moue.

— J'espère, dit-il en ramassant ses mots avec peine, qu'Anthea sera heureuse. Vous me donnerez des nouvelles. Ou, plutôt non… Taisez-vous... j'entends venir un ange…

Son lourd menton reposa sur sa poitrine. Les yeux restaient grands ouverts comme il sied à un explorateur qui part à la découverte d'un nouveau monde. À ses pieds, Nabu hurla soudain à la mort.

DU MÊME AUTEUR

Aux Éditions Gallimard

LE BALCON DE SPETSAI (« Folio », n° 1524).

UN PARFUM DE JASMIN, *nouvelles* (« Folio », n° 1055).

LES PONEYS SAUVAGES, *roman.* Prix Interallié (« Folio », n° 71).

UN TAXI MAUVE, *roman.* Grand Prix du roman de l'Académie française (« Folio », n° 999).

LE JEUNE HOMME VERT, *roman* (« Folio », n° 2858. Nouvelle édition augmentée d'une préface de l'auteur).

LE JEUNE HOMME VERT – LES VINGT ANS DU JEUNE HOMME VERT. Édition en deux volumes.

THOMAS ET L'INFINI. *Illustré par Étienne Delessert* (« Folio cadet », n° 202).

THOMAS ET L'INFINI, « La Bibliothèque Gallimard », n° 103. Accompagnement pédagogique par Isabelle Genier et Cécile Templier.

LES VINGT ANS DU JEUNE HOMME VERT, roman (« Folio », n° 1301).

DISCOURS DE RÉCEPTION DE MICHEL DÉON À L'ACADÉMIE FRANÇAISE ET RÉPONSE DE FÉLICIEN MARCEAU.

UN DÉJEUNER DE SOLEIL, *roman* (« L'Imaginaire », n° 145 ; (« Folio », n° 2857)

« JE VOUS ÉCRIS D'ITALIE... », *roman* (« Folio », n° 1720).

MA VIE N'EST PLUS UN ROMAN, *théâtre* (« Le Manteau d'Arlequin », nouvelle série).

LA MONTÉE DU SOIR, *roman* (« Folio », n° 2038).

JE NE VEUX JAMAIS L'OUBLIER. Édition revue et corrigée avec une préface de l'auteur (« Folio », n° 2157)

DISCOURS DE RÉCEPTION DE JACQUES LAURENT À L'ACADÉMIE FRANÇAISE ET RÉPONSE DE MICHEL DÉON.

UN SOUVENIR, *roman* (« Folio », n° 2373).

LES TROMPEUSES ESPÉRANCES, *roman.* Nouvelle édition avec une postface de l'auteur (« Folio », n° 2489).

LOUIS XIV, PAR LUI-MÊME. Morceaux choisis du Roi avec introduction et commentaires de l'auteur (« Folio », n° 2305).

LE PRIX DE L'AMOUR, *nouvelles* (« Folio », n° 2579).

ARIANE OU L'OUBLI, *théâtre* (« Le Manteau d'Arlequin », nouvelle série).

PARLONS-EN..., avec Alice Déon, *conversation.*

PAGES GRECQUES, *récits* (« Folio », n° 3080).

LA COUR DES GRANDS, *roman* (« Folio », n° 3106).

PAGES FRANÇAISES : Mes arches de Noé – Bagages pour Vancouver – Post-scriptum, *récits.*

L'ENFANT ET LA SORCIÈRE. *Illustré par des photographies de Nutan* (« Folio Junior », n° 841).

UNE AFFICHE BLEUE ET BLANCHE, nouvelles extraites de UN PARFUM DE JASMIN (« Folio à 2 € », n° 3754)

TAISEZ-VOUS... J'ENTENDS VENIR UN ANGE, *sotie* (« Folio », n° 3916).

Aux Éditions de la Table Ronde

LA CORRIDA, *roman* (repris dans « Folio », n° 1350).

LES GENS DE LA NUIT, *roman* (repris dans « Folio », n° 557).

LE RENDEZ-VOUS DE PATMOS (repris dans « Folio », n° 969).

MÉGALONOSE, *pamphlet.*

TOUT L'AMOUR DU MONDE, *récits* (repris dans « Folio », n° 1016).

MES ARCHES DE NOÉ, *récits* (repris dans « Folio », n° 1211)

LA CAROTTE ET LE BÂTON, *roman* (repris dans « Folio », n° 1471).

BAGAGES POUR VANCOUVER (repris dans « Folio », n° 1886).

JE ME SUIS BEAUCOUP PROMENÉ..., *miscellanées* (« Petite Vermillon », n° 137).

UNE LONGUE AMITIÉ, *lettres.*

Aux Éditions Laffont

LE FLÂNEUR DE LONDRES.

Aux Éditions Albin Michel

MADAME ROSE, *roman* (« Folio », n° 3323).

Aux Éditions Fata Morgana

LE JEU DES MIROIRS, illustrations de Jean Cortot.

Aux Éditions Fasquelle

LETTRE À UN JEUNE RASTIGNAC, *libelle.*

FLEUR DE COLCHIQUE, avec des eaux-fortes de Jean-Paul Vroom.

À la Librairie Nicaise

HISTOIRE DE MINNIE, eaux-fortes.

BALINBADOUR, eaux-fortes de Willy Mucha.

LE BARBARE AU PARADIS, eaux-fortes.

Aux Éditions Cristiani

OUEST-EST, illustré par Jean Cortot.

Aux Éditions Matarasso

TURBULENCES, eaux-fortes.

UNIVERS LABYRINTHIQUE, illustré par B. Dorny.

HU-TU-FU, eaux-fortes.

Aux Éditions La Palatine

UNE JEUNE PARQUE, eaux-fortes de Mathieux-Marie.

Chez Alain Piroir

SONGES, eaux-fortes.

Chez André Biren

LETTRE OUVERTE À ZEUS, gravures de Fassianos.

LES CHOSES, gravures de Maud Gruder.

G., gravures de George Ball.

AVANT-JOUR, gravures d'Olivier Debré.

À l'Imprimerie nationale

DERNIÈRES NOUVELLES DE SOCRATE, gravures de Jean Cortot.

Aux Éditions Séguier

ORPHÉE AIMAIT-IL EURYDICE ?

Aux Presses Typographiques

DE NAZARE..., bois gravés de George Ball.

Au Cheval Ailé

JASON, gravures de George Ball.

Aux Éditions Fayard

DISCOURS DE RÉCEPTION D'HÉLÈNE CARRÈRE D'ENCAUSSE ET RÉPONSE DE MICHEL DÉON.

Composition Nord Compo
Impression Novoprint
à Barcelone, le 23 septembre 2003
Dépôt légal : septembre 2003

ISBN 2-07-030202-4./Imprimé en Espagne.

124443